राजकमल गौरवग्रंथ

WORLD CLASSICS

कारेल चापेक

09 जनवरी, 1890

25 दिसम्बर, 1938

आर.यू.आर.
R.U.R. (ROSSUM'S UNIVERSAL ROBOTS)

नाटक

आर. यू. आर.

कारेल चापेक

चेक से अनुवाद

निर्मल वर्मा

राजकमल  गौरवग्रंथ

कारेल चापेक के 1920 में प्रकाशित चेक नाटक 'R.U.R.' से अनूदित
पहली बार 1972 में 'आर.यू.आर.' शीर्षक से प्रकाशित

राजकमल गौरवग्रंथ माला में पहला पेपरबैक संस्करण : सितम्बर, 2024

राजकमल गौरवग्रंथ माला : कालजयी साहित्य की विशिष्ट प्रस्तुति

राजकमल प्रकाशन प्रा. लि.
1-बी, नेताजी सुभाष मार्ग, दरियागंज
नई दिल्ली-110 002
द्वारा प्रकाशित

शाखाएँ : अशोक राजपथ, साइंस कॉलेज के सामने, पटना-800 006
पहली मंजिल, दरबारी बिल्डिंग, महात्मा गांधी मार्ग, प्रयागराज-211 001
1, अनमोल सोराबजी सन्तुक लेन, धोबी तलाव, मरीन लाइंस, मुम्बई-400 002

वेबसाइट : www.rajkamalprakashan.com
ई-मेल : info@rajkamalprakashan.com

विकास कंप्यूटर एंड प्रिंटर्स
ट्रॉनिका सिटी-201 102
द्वारा मुद्रित

मूल्य : ₹199

R.U.R.
Play by Karel Čapek
Translated by Nirmal Verma

ISBN : 978-93-6086-990-8

आर.यू.आर.

प्रथम संस्करण की भूमिका

कारेल चापेक

गद्य-लेखक, नाटककार, पत्रकार और विदेश में सर्वाधिक विख्यात चेक लेखक कारेल चापेक (1890-1938) आधुनिक संसार के दो परस्पर विरोधी ध्रुवों को मिलाने का अद्‌भुत उपाय जानते थे। एक ओर तो आधुनिक विज्ञान और तकनीकी ज्ञान की उस साहसिक प्रगति के प्रति प्रशंसा-भाव जिससे कि सबसे कल्पनापूर्ण 'यूटोपिया'-जैसे भावी विश्व के आशावादी स्वप्न साकार हुए और उसके ठीक विपरीत उन्हीं विज्ञान-चमत्कारों से दुनिया में राक्षसी और पैशाचिक ढंग के अमानुषीकरण के प्रति भय और आतंक का चित्रण चापेक एक साथ करते हैं। अपनी मातृभूमि के किसी शान्त निभृत कोने के प्रति भावनाओं को वे यूरोप के सुदूर कोनों से परिचित किसी व्यक्ति के व्यापक क्षितिजों से मिलाते हैं। लाखों लोगों के दैनिक जीवन में जो छोटी-छोटी भौतिक वस्तुओं के प्रति प्रेम होता है, उसी के समक्ष वे जीवन की महान् समस्याओं के मर्म तक पहुँचने की सम्भावनाओं को रखते हैं। सड़क पर सामान्य मानव के अ-राजनीतिक अस्तित्व की पहचान और उसकी तंग नज़र के समक्ष संसार को मथने वाली वास्तविक राजनीतिक समस्याओं को वह रख देते हैं।

आधुनिक बौद्धिक (जिसके लिए एक क्रान्तिमय संसार की समकालीन सभ्यता में सब ही मूल्य सापेक्ष हो गए हैं) के प्रति चापेक की सन्देहपूर्ण दृष्टि के साथ ही वह जर्मन नाज़ियों की विस्तारवादी धमकी के सम्मुख अपनी मातृभूमि और संसार की रक्षा के लिए सुदृढ़ संकल्प से प्रेरित होकर लड़ने को प्रस्तुत हो उठता है।

कारेल चापेक ने अपना साहित्यिक कृतित्व प्रथम महायुद्ध में पहले आरम्भ किया, अपने भाई जोज़ेफ के साथ, जो एक बहुत बड़ा चित्रकार था। इसी काल के सांस्कृतिक वातावरण ने समकालीन विज्ञान, तकनीकी और संस्कृति में नई विजय में प्रगाढ़ रुचि लेने की वृत्ति को जन्म दिया। उन्होंने फ्रेंच कविता के उत्तम अनुवाद की एक पुस्तक तैयार की। सापेक्षता और उपयोगितावाद के दर्शन में उनकी रुचि भी विशेष उल्लेखनीय है।

दैनिक जीवन और राह चलते साधारण मनुष्य में उनकी रुचि इसी काल में बढ़ी। उनकी यह रुचि जो उनके लेखन में दार्शनिक और सामाजिक सन्देहवाद से विशेष रंजित हुई है, कई वर्षों के लम्बे कालखंड तक रचनात्मक मानवीय मूल्यों को व्यक्त करती है। उनकी पहली प्रकाशित कृतियाँ 'बोज़ी मुका' (दैवी-अत्याचार) और 'त्राप्ने पोविद्की' (दुखद कथाएँ) कहानी-संग्रह थीं। उनके द्वारा चापेक ने वस्तुओं के वास्तविक अर्थों तक पहुँचने का विशेष यत्न किया। रूढ़ सतहों के नीचे जो यथार्थ-सार छिपा था, उन तक पहुँचने का प्रयत्न किया। प्रतिदिन की घटनाएँ चापेक के लिए एक ऐसा अवसर प्रदान करती थीं जिनसे वह मानवीय सम्बन्धों की और मानव-अस्तित्व के अर्थ की भी परिश्रमपूर्वक मीमांसा और विश्लेषण करता।

यहीं उनके कलात्मक विकास और प्रगति के आरम्भिक बीज मिलते हैं। बाद में उनकी जासूसी कहानियों 'पोविद्की ज़ जेद् ने आ द्रुहे काप्सी' (एक पाकिट से दूसरे तक ही कहानियाँ) और विशेषत: उनकी दार्शनिक उपन्यास-त्रयी 'होर्दुबल', 'पोवेत्रान' (धूमकेतु) और 'औबिचेज्नी ज़िवॉत' (साधारण जीवन) आदि में यह गुण अधिक विशेषता से उभरा है। एक ही वस्तु को विविध दृष्टियों से देखने पर उसी के विविध स्तर और झाँकियाँ जो मिलती हैं,

उनमें तुलना इसके द्वारा देखी जा सकती है। इस तुलना के कारण चापेक वास्तविकता को विलक्षण दृष्टिकोणों से देखता है और उसके अनेक पहलू उभारकर रखता है, जबकि उसी के साथ-साथ अपना काव्यात्मक सन्देहवाद और उनकी आस्था कि सत्य अनेक मुखी होता है, भी उसी में सन्निविष्ट करता जाता है। अपनी अन्तिम असम्पूर्ण कृति, 'ज़िवात् आ दिलो स्क्लद्तेले फोल्तीना' (फोल्तिन संगीतकार का जीवन और कार्य) जैसे उपन्यास में, चापेक जहाँ कलाकार के नैतिक उत्तरदायित्व के प्रश्न पर अपना विश्वास व्यक्त करता है, वहाँ सर्वप्रथम इस बहुमुखी हल वाली पद्धति का नये निरपेक्ष ढंग से प्रयोग करता है।

चापेक की सर्वप्रसिद्ध कृतियाँ हैं, वे यूटोपिया के ढंग के उपन्यास और नाटक, जिनमें एच.जी. वेल्स की भाँति, वह समकालीन सामाजिक प्रश्नों की चर्चा करता है। अपने रूपक-प्रधान नाटक 'ज़े ज़िवोता हमिज़ू' (कीड़ों का नाटक), जिसमें उनका भाई जोज़ेफ सहलेखक है, वह मानवीय दुर्गुणों पर कोड़े की तरह व्यंग्य-वार करता है। मनुष्य कैसे केवल सनसनी और इन्द्रिय-सुख की तलाश करता है, लूट-खसोट और स्वार्थ के प्रेम में वह कैसे फँसा है, देशभक्ति के शब्दों के पीछे उसकी फ़ौजी हविस कैसे छिपी हुई रहती है, यह सब एक आवारा चरित्र के निर्माण से व्यक्त किया गया है, जो अपने निष्पक्ष दर्शक रूप को बनाए रखता है और साथ ही घोर सामाजिक निराशावाद भी पैदा करता है।

उनके उपन्यासों—'तोवार्नो नां अँबूसोल्यूत् नो' (परम-तत्त्व के लिए कारख़ाना) और 'क्राकातीत' और साथ ही उनके सर्वाधिक प्रसिद्ध नाटक 'आर.यू.आर.' में हम उन क्रान्तिकारी आविष्कारों के विशेष विषय-बन्ध देखते हैं जिनके अध्ययन द्वारा चापेक ने तत्कालीन सामाजिक परिस्थितियों की आलोचना की है। और उस ख़तरे की ओर भी इशारा किया है कि सभ्यता के दुरुपयोग से क्या-क्या हो सकता है। साथ ही मनुष्य के भावी निर्णय के उत्तरदायित्व का प्रश्न भी उठाया है। व्यावहारिक मानवतावाद के प्रति आस्था से उन्होंने देखा कि मानवी जीवन की प्राकृतिक पद्धति पर विजय प्राप्त करना सम्भव है,

परन्तु साथ ही एक ऐसी संकट-स्थिति की ओर उससे मार्ग भी खुलेगा। इस कारण से चापेक यथास्थिति की ओर मुड़ गया और समन्वय चाहने लगा। इसीलिए वह जीवन की 'छोटी-छोटी चीज़ों' की ओर लघुमानव के दर्शन की प्रशंसा करता है। इनका उपयोग चापेक अपनी छोटी-छोटी गद्य-कृतियों, निबन्धों और अन्य प्रासंगिक लेखों में करता है, उदाहरणार्थ : 'ओ तेज ब्लीज़सी च बेचे च' (निकटतम वस्तुओं के बारे में), 'जाक से तों देला' (यह कैसे होता है?), 'आपोक्रिफी' (अपोक्रिफल कहानियाँ) आदि-आदि। यहाँ चापेक अनेक विविध परिस्थितियों और लोगों में से अनेक प्रकारों के बारे में सविवरण ज्ञान का व्यापक उपयोग करता है। अपनी विनोद-बुद्धि का, अपने लोकप्रिय संभाषण-प्रधान जनभाषा के ज्ञान का। इसका चेक भाषा के गद्य पर विशेष प्रभाव पड़ा। अपनी यूरोपीय यात्राओं में से चापेक ने अपनी अनेक हास्यपूर्ण प्रवास-पुस्तकों का निर्माण किया, यथा : 'इतालीस्के लिस्ती' (इटली से पत्र), 'आंग्ली के लिस्ती ' (इंग्लैंड से पत्र), 'विलैत दो स्पानेल' (स्पेन में सैर) आदि। इन पुस्तकों से लेखक की असाधारण संस्कृति और संसार की संस्कृतियों से उसका सम्बन्ध व्यक्त होता है।

बीसवीं सदी के तीसरे दशक में चापेक की कृतियों में विशेष सुनिश्चित सामाजिक दृष्टि स्पष्ट होने लगी। प्रजातांत्रिक संस्कृति में वे विशेष रूप से सामने आईं। फ़ासिस्टवाद का बढ़ता हुआ ख़तरा चेकोस्लोवाकिया के अस्तित्व को ही संकट में डाल रहा था और चापेक की भविष्य के संसार के सम्बन्ध में कल्पनाएँ साकार होने लगीं। अपने उपन्यास 'वाल्का स म्लोकी' (न्यूटों से लड़ाई) में उन्होंने एक व्यंग्य लिखा नाजी जर्मनी पर, जिसमें 'न्यूटों' का 'शुद्ध न्यूटवाद' और 'जीने के लिए अधिक स्थान' के विस्तारवाद की चेतावनी दी गई थी। इस प्रकार से सारी मानवता पर संहारक प्रहार कैसे हो सकता था। यह चापेक के विश्वास का विशेष काल है, क्योंकि अब सामाजिक निराशावादी उस शक्ति की ओर देखने लगा था जिससे कि वह मानवतावाद की रक्षा के लिए कमर बाँधकर खड़ा हो सकता था। उपन्यास 'प्रिवनी पार्ता' (पहला गिरोह) की पार्श्वभूमि है एक खदान, पर उसमें खान-मज़दूरों की

संगठित-शक्ति और बहादुरी की शक्ति भरी हुई है। संहार की शक्तियाँ यहाँ अपने विरोधी से पहली बार मिलती हैं। यह गुण भी चापेक की विशेषता है। अन्तिम दो नाटक 'बिला ने मोक' (शक्ति और गौरव) जिसमें डॉ. गालेन नाम के नायक में एक फ़ासिस्ट डिक्टेटर के गुणों के साथ-साथ शान्ति और प्रजातंत्र के गुण भी मूर्त करता है; तथा 'मत् का' (माँ) जो कि उन्होंने ऐसे संकट की घड़ी में लिखा था जबकि उनका देश आक्रमण का शिकार बना और वही आज़ादी की सुरक्षा के लिए युद्ध घोष का नारा बना : 'माँ!'

1972 **—निर्मल वर्मा**

पात्र

हैरी दोमेन	:	रोसुम यूनिवर्सल रोबोट (आर.यू.आर.) कारख़ाने का जनरल मैनेजर
सुल्ला	:	एक मादा रोबोट
मारियस	:	एक नर रोबोट
हैलेना ग्लोरी	:	सुविख्यात प्रोफ़ेसर डॉ. विलियन ग्लोरी की बेटी, मानवता संघ की प्रतिनिधि
डॉ. गॉल	:	रोसुम यूनिवर्सल रोबोट के शरीर-विज्ञान विभाग का अध्यक्ष
श्री फाबरी	:	रोसुम यूनिवर्सल रोबोट कम्पनी का मुख्य इंजीनियर
श्री अलकुइस्ट	:	रोसुम यूनिवर्सल रोबोट का क्लर्क
डॉ. हेलमैन	:	रोसुम यूनिवर्सल रोबोट के रोबोट प्रशिक्षण-विभाग का मुख्य मनोवैज्ञानिक
जैकल बर्मान	:	रोसुम यूनिवर्सल रोबोट का जनरल बिजनेस मैनेजर
एमा	:	हैलेना ग्लोरी की घरेलू सहायक
रेडियस	:	एक नर रोबोट
नौकर	:	एक नर रोबोट
हैलेना	:	एक मादा रोबोट
प्राइमस	:	एक नर रोबोट

अंक 1

[रोसुम यूनिवर्सल रोबोट कारख़ाने का केन्द्रीय दफ़्तर। पीछे की तरफ़ दाएँ से प्रवेश। खिड़कियों से कारख़ाने की इमारतों की अन्तहीन क़तारें दिखाई देती हैं। दोमेन एक घूमने वाली कुर्सी पर बैठा है—सामने एक विशालकाय मेज़ है, जिस पर बिजली का लैम्प, टेलीफ़ोन, पेपरवेट, पत्र-व्यवहार-सम्बन्धी फ़ाइलें आदि चीज़ें रखी हैं। बाईं ओर दीवार पर रेल और समुद्री जहाज़ों के मार्ग सूचित करने वाले लम्बे नक़्शे, एक बड़ा-सा कैलेंडर और एक घड़ी लगी है, जिसे देखने पर पता चलता है कि अपराह्न होने में कुछ ही मिनट बाक़ी हैं। दाईं ओर दीवार पर कुछ छपे हुए पोस्टर लगे हैं जिन पर लिखा है : 'सस्ती मज़ूरी-रोसुम के रोबोट, ट्रॉपिक देशों के लिए रोबोट—हर रोबोट का दाम 150 डॉलर। हर आदमी के लिए अपना-अपना रोबोट।

आप अपना उत्पादन-ख़र्च घटाना चाहते हैं? रोसुम के रोबोट का ऑर्डर भेजिए।' इनके अलावा दूसरे नक़्शे, जहाज़ी-यातायात-सम्बन्धी व्यवस्था की सूचनाएँ इत्यादि भी दीवार पर लगी है। एक कोने में मुद्रा-विनिमय की दर सूचित करने वाली टेप-मशीन रखी है। उपर्युक्त दीवार-सज्जा से बिलकुल विपरीत फ़र्श पर एक शानदार तुर्की क़ालीन बिछा है। दाहिनी ओर एक गोल मेज़, सोफ़ा, चमड़े की आरामकुर्सी और किताबों की शेल्फ़ रखी है, जिसमें किताबों के बजाय शराब की बोतलें रखी हैं। बाईं ओर ख़ज़ांची का डेस्क रखा है। दोमेन की मेज़ के पास ही सुल्ला पत्र टाइप कर रही है।]

दोमेन : *(लिखाते हुए)* यातायात के दौरान यदि सामान का कोई नुक़सान होता है, तो हम उसके लिए ज़िम्मेदार नहीं हैं। सामान को भेजते समय हमने आपके कप्तान को आगाह किया था कि उनका जहाज़ रोबोटों के यातायात के लिए उपयुक्त नहीं है। अब आपको यह मामला अपनी बीमा कम्पनी से निपटाना चाहिए। रोसुम यूनिवर्सल रोबोट की ओर से...हो गया?

सुल्ला : जी।

दोमेन : अच्छा, अगला पत्र। ई.बी. हडसन एजेंसी, न्यूयॉर्क को। दिनांक। हमें आपका पत्र मिला, जिसमें आपने पाँच हज़ार रोबोट भेजने का ऑर्डर भेजा है। चूँकि आप ख़ुद अपना जहाज़ भेज रहे हैं, कृपया उसमें आर.यू.आर. के लिए कोयले की ईंटें भिजवाने की व्यवस्था कर दें जिसका आंशिक भुगतान आप उस रक़म से कर सकते हैं, जो हमारी तरफ़ बकाया है।...लिख लिया?

सुल्ला : *(अन्तिम शब्द टाइप करते हुए)* जी।

दोमेन : फ्रेडरिरसवर्क, हैम्बर्ग—दिनांक। हमें आपका पन्द्रह हज़ार रोबोट भेजने का ऑर्डर प्राप्त हुआ।

[दफ़्तर का टेलीफ़ोन बजता है। दोमेन रिसीवर उठाकर बोलता है]

हलो...केन्द्रीय दफ़्तर...हाँ, ज़रूर। हाँ, हाँ, हमेशा की तरह। बेशक उन्हें केबल भेज दो। ठीक है। *(रिसीवर रख देता है)* कहाँ छोड़ा था?

सुल्ला : हमें आपका पन्द्रह हज़ार रोबोट भेजने का ऑर्डर प्राप्त हुआ।

दोमेन : *(चिन्तामग्न)* पन्द्रह हज़ार रोबोट। पन्द्रह हज़ार रोबोट।

मारियस : *(प्रवेश करते हुए)* जनाब, बाहर एक महिला आपसे...

दोमेन : कौन हैं?

मारियस : पता नहीं जनाब। यह कार्ड उन्होंने दिया है।

दोमेन : *(पढ़ते हुए)* प्रोफ़ेसर विलियन ग्लोरी, सेंट ट्रिडस्वाइंड, ऑक्सब्रिज—अच्छा, उन्हें भेज दो।

मारियस : *(दरवाज़ा खोलते हुए)* मदाम, तशरीफ़ लाइए!

दोमेन : *(खड़े होकर)* आपकी क्या सेवा कर सकता हूँ, मदाम?

हैलेना : आप ही श्री दोमेन हैं...जनरल मैनेजर?

दोमेन : जी, जी, हाँ।

हैलेना : मैं आपके पास...

दोमेन : प्रो. ग्लोरी का कार्ड लेकर आई हैं। मेरे लिए यह काफ़ी है।

हैलेना : प्रो. ग्लोरी मेरे पिता हैं...मेरा नाम हैलेना ग्लोरी है।

दोमेन : मिस ग्लोरी, हमारे लिए यह असाधारण सम्मान की बात है कि...कि...

हैलेना : जी हाँ।

दोमेन : कि हमें इतने सुविख्यात प्रोफ़ेसर की पुत्री का स्वागत करने का अवसर प्राप्त हुआ। तशरीफ़ रखिए। सुल्ला, तुम जा सकती हो।

[सुल्ला जाती है]

(बैठते हुए) मैं आपकी क्या सेवा कर सकता हूँ, मिस ग्लोरी?

हैलेना : मैं यहाँ इसलिए आई थी कि...

दोमेन : हमारे कारख़ाने का मुआयना करने—जिसमें आदमियों को बनाया जाता है। सब यही देखने आते हैं। मुझे कोई आपत्ति नहीं।

हैलेना : मैंने सोचा, शायद यह निषिद्ध है कि...

दोमेन : बेशक, कारख़ाने में प्रवेश करना निषिद्ध है, लेकिन यहाँ हर कोई किसी-न-किसी की सिफ़ारिश लेकर आता है और तब...

हैलेना : और आप सबको दिखाते हैं?

दोमेन : सिर्फ़ कुछ चीज़ें। नक़ली आदमियों की निर्माण-कला गुप्त रखी जाती है।

हैलेना : काश, आप जान सकते मुझे कितनी ज़्यादा...

दोमेन : दिलचस्पी है—आप यही कहना चाहती हैं न? सारा यूरोप इसी की चर्चा कर रहा है।

हैलेना : आप मुझे अपनी बात पूरी क्यों नहीं करने देते?

दोमेन : माफ़ कीजिए। आप कुछ और कहना चाहती थीं?

हैलेना : मैं सिर्फ़ यह पूछना चाहती थी...

दोमेन : कि मैं आपके साथ ख़ास रियायत कर सकता हूँ ताकि आप हमारा कारख़ाना देख सकें। ज़रूर, मिस ग्लोरी, ज़रूर।

हैलेना : आपको कैसे मालूम, मैं यह कहना चाहती थी?

दोमेन : सब यही चाहते हैं, *(खड़े होते हुए)* हमें आपको औरों की अपेक्षा ज़्यादा चीज़ें दिखाने में विशेष प्रसन्नता होगी; क्योंकि...बेशक...मेरा मतलब है...

हैलेना : धन्यवाद।

दोमेन : लेकिन आपको यह वादा करना पड़ेगा कि आप किसी को इसका भेद नहीं...

हैलेना : *(खड़े होकर अपना हाथ आगे बढ़ाती है)* मैं वचन देती हूँ।

दोमेन : धन्यवाद। आप चेहरे से पर्दा नहीं हटाएँगी?

हैलेना : आह, क्यों नहीं। आप मुझे देखना चाहते हैं? मुझे माफ़ कीजिए।

दोमेन : क्या बात है?

हैलेना : मेहरबानी करके मेरा हाथ छोड़ सकते हैं?

दोमेन : *(छोड़ते हुए)* माफ़ कीजिए।

हैलेना : *(चेहरे से पर्दा हटाते हुए)* आप यह देखना चाहते हैं कि कहीं मैं जासूस तो नहीं हूँ? आप कितने सतर्क हैं!

दोमेन : *(उसे ध्यान से देखते हुए)* हाँ...बेशक...हमें...मेरा मतलब है...

हैलेना : आप मुझ पर विश्वास नहीं करते?

दोमेन : आह, क्यों नहीं, मिस ग्लोरी! इससे ज़्यादा और क्या ख़ुशी हो सकती है। आपको सफ़र में अकेलापन तो महसूस नहीं हुआ?

हैलेना : क्यों?

दोमेन : क्योंकि...मेरा कहने का मतलब है...आप जवान लड़की हैं।

हैलेना : अच्छा, क्या सीधे कारख़ाने में चला जाए?

दोमेन : मेरा ख़याल है—बाईस—क्यों?

हैलेना : बाईस क्या?

दोमेन : साल।

हैलेना : इक्कीस। आप क्यों जानना चाहते हैं?

दोमेन : क्योंकि—जैसा मैं...*(उत्साह से)* आप काफ़ी लम्बे अर्से यहाँ रहेंगी...नहीं?

हैलेना : यह इस पर निर्भर करता है, आप मुझे कारख़ाने में क्या कुछ दिखाना चाहते हैं?

दोमेन : ओह—भाड़ में जाए कारख़ाना...मिस ग्लोरी, आप सब कुछ देखेंगी—सब कुछ। मेहरबानी करके बैठ जाइए। आप इस ईजाद की कहानी सुनना चाहेंगी?

हैलेना : हाँ...ज़रूर। *(बैठ जाती है)*

दोमेन : अच्छा, तो...

[अपनी लिखने की मेज़ के सामने बैठ जाता है... हैलेना को उल्लास-भरी निगाहों से देखता है और सरपट बोलने लगता है]

1922 में, महान् शरीर-वैज्ञानिक रोसुम जो उस समय एक युवा वैज्ञानिक थे, समुद्री जीवों का अध्ययन करने एक सुदूर टापू में गए थे, पूर्ण विराम। उस अवसर पर वह एक ऐसा रासायनिक सम्मिश्रण तैयार करने में जुटे थे, जिसके द्वारा उस जीवन्त पदार्थ की नक़ल की जा सके, जिसे 'प्रोटोप्लाज़्म' कहते हैं। अपने प्रयोगों के दौरान अचानक उन्हें एक ऐसे पदार्थ का पता चला, जिसका कार्य-कलाप बिलकुल एक जीवन्त पदार्थ की तरह था, हालाँकि उसकी रासायनिक बनावट उससे भिन्न थी। यह खोज 1932 में हुई थी, अमेरिका की खोज के ठीक चार सौ साल बाद...वाह!

हैलेना : यह सब आपको ज़ुबानी याद है?

दोमेन : हाँ, मिस ग्लोरी, शरीर-विज्ञान मेरा विषय नहीं है। आगे चलूँ?

हैलेना : ज़रूर।

दोमेन : *(गम्भीर स्वर में)* और तब, मिस ग्लोरी, रोसुम महाशय ने अपनी डायरी में यह लिखा था : 'प्रकृति के पास जीवन्त पदार्थ को संगठित करने का सिर्फ़ एक तरीक़ा है; किन्तु

एक दूसरा तरीक़ा भी है—ज़्यादा सहज, लचकीला और कम समय लेने वाला, जिससे प्रकृति बिलकुल अपरिचित है। मैंने आज इस दूसरे तरीक़े की खोज की है, जिससे जीवन-संचार किया जा सकता है।' मिस ग्लोरी, ज़रा उस क्षण की कल्पना कीजिए, जब उन्होंने ये चमत्कारपूर्ण शब्द लिखे होंगे! उस क्षण अपनी टेस्ट-ट्यूब के सामने बैठे वह सोच रहे होंगे, कि एक दिन समूचा जीवन-वृक्ष उससे विकसित हो सकेगा, एक छोटे कीड़े से लेकर सब जानवर अपना जीवन यहाँ से शुरू करेंगे और उसका अन्त होगा—आदमी में! एक ऐसा आदमी, जिसके जीवन-तत्त्व हमसे भिन्न होंगे। मिस ग्लोरी, सचमुच यह एक महान् क्षण रहा होगा।

हैलेना : कृपया अपनी बात ज़ारी रखिए।

दोमेन : अब सवाल यह था, टेस्ट-ट्यूब से कैसे जीवन निकाला जाए ताकि विकास-क्रिया तेज़ी से आगे बढ़ सके। अंग, हड्डियाँ, नसें इत्यादि बनाने के सवाल थे...कैटालिटिक्स, एनज़ाइम्स, हारमोन इत्यादि पदार्थों की खोज करनी थी...संक्षेप में...आप समझ रही हैं।

हैलेना : पता नहीं...नहीं, मुझे लगता है, मुझे ज़्यादा समझ में नहीं आ रहा।

दोमेन : कोई बात नहीं। दरअसल उन्होंने जो सम्मिश्रण तैयार किये थे, उनके ज़रिये वह जो चाहें, निर्माण कर सकते थे। वह एक ऐसी मेदूसा बना सकते थे, जिसका मस्तिष्क सुकरात का हो या एक ऐसा कीड़ा, जो पचास गज़ लम्बा हो; किन्तु इस तरह की विनोद-कल्पना का अभाव होने के कारण उन्होंने एक साधारण रीढ़धारी जीव को बनाने का निश्चय किया। उनके इस कृत्रिम जीवन्त पदार्थ के भीतर एक ज़बरदस्त जिजीविषा थी। उन्हें इस बात की ज़रा भी परवाह न थी

कि कैसे उसे जोड़-तोड़कर सिया-पिरोया जा सकता है, या घुलाया-मिलाया जा सकता है। ज़ाहिर है, यह सब कुछ प्राकृतिक रसायनों से नहीं किया जा सकता था...इसलिए वह अपने काम में जुट गए।

हैलेना : कैसा काम?

दोमेन : प्रकृति की नक़ल करने का। सबसे पहले उन्होंने एक नक़ली कुत्ते को बनाने की कोशिश की। बहुत वर्षों तक वह इसी में जुटे रहे—चीज़ क्या बनी? एक ठूँठ बछड़ा, जो कुछ ही दिनों में चल बसा। मैं आपको उसे अपने संग्रहालय में दिखाऊँगा...और...तब रोसुम महाशय ने आदमी का निर्माण शुरू किया। *(चुप हो जाता है)*

हैलेना : क्या यह भेद मैं किसी को नहीं बता सकती?

दोमेन : नहीं, दुनिया में किसी को नहीं।

हैलेना : दुर्भाग्य यह है कि इसे स्कूल की किसी भी पाठ्य-पुस्तक में पढ़ा जा सकता है।

दोमेन : हाँ *(मेज़ से कूदकर हैलेना के पास बैठ जाता है)* किन्तु जानती हो, कुछ ऐसा भी है, जो स्कूल की पुस्तकों में नहीं है? *(अपना माथा ठनठनाता है)* यह रोसुम साहब बिलकुल पागल थे। सच, मिस ग्लोरी, यह बात आपको अपने तक ही रखनी चाहिए। वह बूढ़ा सिरफिरा आदमी बनाना चाहता था!

हैलेना : लेकिन आप भी तो आदमी बनाते हैं!

दोमेन : हाँ, मिस ग्लोरी, संश्लेषण क्रिया से, जबकि रोसुम साहब सचमुच के आदमी बनाना चाहते थे। जानती हैं, वह वैज्ञानिक क्षेत्र में ईश्वर की जगह लेना चाहते थे? वह भयानक क़िस्म के भौतिकवादी थे और इसीलिए उन्होंने यह सब कुछ किया था। उनका परम उद्देश्य यह साबित करना था कि अब हमें

ईश्वर की कोई ज़रूरत नहीं है। बस, यह सोचना था कि उन्होंने बिलकुल हमारी तरह के आदमी बनाने का निश्चय कर लिया। आप शरीर-विज्ञान के बारे में कुछ जानती हैं।

हैलेना : बहुत कम।

दोमेन : मैं भी ज़्यादा नहीं। कल्पना कीजिए, उन्होंने हर उस चीज़ को ज्यों-का-त्यों बनाने का फ़ैसला कर लिया, जैसी वह मानव शरीर में है। दस वर्षों के गड्डमड्ड प्रयोगों के बाद उन्होंने जो कुछ तैयार किया, वह मैं आपको संग्रहालय में दिखाऊँगा। जिस चीज़ को वह आदमी बनाना चाहते थे—वह सिर्फ़ तीन दिन जीवित रह सकी। फिर रोसुम महाशय का एक जवान भतीजा उनसे मिलने आया, जो ख़ुद इंजीनियर था।

कमाल का आदमी था, मिस ग्लोरी! बूढ़े ने जो छीछालेदर की थी, उसे देखकर उससे न रहा गया। बोला, 'आदमी को बनाने में दस साल ख़र्च किये जाएँ, यह बेवक़ूफ़ी है। प्रकृति जितना समय लेती है, यदि उससे कम समय में आदमी का निर्माण न हो सके, तो सारा धन्धा ही बेकार है।' उसके बाद वह ख़ुद शरीर-विज्ञान सीखने में जुट गया।

हैलेना : इसका उल्लेख तो पाठ्य-पुस्तकों में नहीं मिलता।

दोमेन : *(खड़े होकर)* पाठ्य-पुस्तकें इश्तहारबाज़ी और कूड़ा-करकट से भरी रहती हैं। मिसाल के तौर पर उनमें लिखा है कि एक बूढ़े आदमी ने रोबोट ईजाद किये थे, किन्तु जीवन्त और बुद्धि-सम्पन्न मशीनों की परिकल्पना सबसे पहले उस युवक रोसुम ने की थी, जिसकी चर्चा मैं कर रहा था। पाठ्य-पुस्तकों में जहाँ बूढ़े और युवा रोसुम के सामूहिक प्रयत्नों का उल्लेख आता है, वह महज़ कोरी कल्पना है। वास्तव में दोनों के बीच बुरी तरह झगड़े होते थे। बूढ़ा नास्तिक था, औद्योगिक मामलों के बारे में बिलकुल कोरा था।

आख़िर में युवा रोसुम ने बूढ़े को किसी प्रयोगशाला में बन्द कर दिया ताकि वह सारा समय अपनी दानवी योजनाओं पर बरबाद कर सके और ख़ुद एक इंजीनियर की दृष्टि से उसने सारा कारोबार शुरू किया। बूढ़ा उसे गालियाँ देता था। मरने से पहले उसने और भयानक प्रयोग किये थे, जो बीच में ही असफल हो गए। फिर एक दिन अचानक वह प्रयोगशाला में मरा हुआ पाया गया—बस, यही सारी कहानी है।

हैलेना : और वह युवक?

दोमेन : हाँ...दरअसल जिन्होंने शरीर-विज्ञान का अध्ययन किया है, उन्हें यह पता चलते देर नहीं लगती कि आदमी एक बहुत पेचीदा जीव है और कोई भी अच्छा इंजीनियर उसे ज़्यादा सरल तरीक़े से बना सकता है। यह समझते ही युवा रोसुम ने शरीर-विज्ञान का नये सिरे से संशोधन करना शुरू कर दिया। कोशिश यह थी कि कैसे उसे ज़्यादा सरल बनाया जा सकता है, कौन-सी चीज़ें छोड़ी जा सकती हैं। संक्षेप में कहें तो—मिस ग्लोरी, आप ऊब तो नहीं रहीं?

हैलेना : नहीं, नहीं...कैसी ऊब! मुझे बातें बहुत दिलचस्प लग रही हैं।

दोमेन : तो फिर युवा रोसुम ने अपने से ही कहा—आदमी वह है जो साधारणत: ख़ुश होता है, सारंगी बजाता है, सैर करने जाता है—दूसरे शब्दों में, वह अनेक ऐसी चीज़ें करना चाहता है, जो बिलकुल आवश्यक हैं।

हैलेना : ओह!

दोमेन : ज़रा ठहरिए...वे उस आदमी के लिए आवश्यक हैं, जिससे सूत कातने या गिनती गिनने की अपेक्षा की जाती है। आप सारंगी बजाती हैं?

हैलेना : नहीं।

दोमेन : अफ़सोस! लेकिन काम करने की मशीन में यह इच्छा ही पैदा नहीं होनी चाहिए कि वह सारंगी बजाए या अपने को सुखी महसूस करे या अन्य दूसरी चीज़ें करे! मिस ग्लोरी, एक पेट्रोल यंत्र को रेशमी झालरों या अभूषणों की कोई ज़रूरत नहीं। कृत्रिम मज़दूरों का निर्माण उसी तरह से होगा जिस तरह दूसरे यंत्रों का होता है—दोनों में फ़र्क़ नहीं। निर्माण का तरीक़ा सरल से सरल होना चाहिए और जिस वस्तु का निर्माण किया जाए, वह व्यावहारिक दृष्टि से अच्छी-से-अच्छी होनी चाहिए। आपकी राय में व्यावहारिक दृष्टि से कौन-सा मज़दूर सबसे अच्छा होता है?

हैलेना : सबसे अच्छा? शायद वह जो सबसे अधिक ईमानदार और मेहनती हो।

दोमेन : नहीं...वह, जो सबसे ज़्यादा सस्ता हो, जिसकी ज़रूरतें सबसे कम हों। युवा रोसुम ने एक ऐसा मज़दूर ईजाद किया, जिसकी ज़रूरतें कम-से-कम थीं। उसने उसे अधिक सरल बनाया। उसने उन सब तत्त्वों को निकाल दिया, जो सीधे काम की प्रगति में योग नहीं देते थे। इस तरह उसने हर उस चीज़ को नकार दिया, जो आदमी को ज़्यादा महँगा बनाते हैं। वास्तव में उसने आदमी को नकारकर उसकी जगह रोबोट का निर्माण किया। मिस ग्लोरी, रोबोट आदमी नहीं है। यांत्रिक रूप से वे हमसे कहीं ज़्यादा मुकम्मिल हैं, उनकी बुद्धि बहुत ज़्यादा विकसित है; किन्तु उनमें आत्मा नहीं है। आपने कभी रोबोट को भीतर से देखा है?

हैलेना : हे भगवान! नहीं!

दोमेन : बहुत साफ़ होते हैं, बहुत सरल। निहायत ख़ूबसूरत काम के नमूने। ज़्यादा कुछ नहीं, लेकिन हर चीज़ अपनी जगह पर दुरुस्त।

एक इंजीनियर द्वारा बनाई हुई चीज़ प्रकृति की उपज से कहीं ज़्यादा मुकम्मिल होती है।

हैलेना : आदमी को भी तो प्रकृति की उपज माना गया है।

दोमेन : यही तो ख़राबी है। प्रकृति को आधुनिक इंजीनियरिंग का रत्तीभर ज्ञान नहीं। आप सोचती हैं कि युवा रोसुम प्रकृति का रोल अदा करना चाहता था?

हैलेना : आपका मतलब?

दोमेन : उसने सुपर-रोबोट का निर्माण किया था—विराटकाय देव। वह उन्हें चार गज़ लम्बा बनाना चाहता था—लेकिन वे ठंड से अकड़ जाते थे।

हैलेना : ठंड से?

दोमेन : हाँ, बिना वजह उनके हाथ-पैर टूटने लगते थे। ज़ाहिर है, हमारा ग्रह-लोक विराटकाय देवों के लिए बहुत छोटा है। अब हम आदमक़द रोबोट ही बनाते हैं—निहायत उम्दा क़िस्म के।

हैलेना : पहले-पहल मैंने रोबोट अपने देश में देखे थे। नगरपालिका ने उन्हें ख़रीदा था—मेरा मतलब है, उन्हें काम पर लगाया गया था।

दोमेन : ख़रीदा था, मिस ग्लोरी! रोबोट ख़रीदे और बेचे जाते हैं।

हैलेना : उन्हें मेहतरों का काम दिया जाता था। मैं रोज़ उन्हें सड़कों पर झाड़ू लगाते देखती थी। वे और ख़ामोश दिखाई देते हैं।

दोमेन : आपने मेरी टाइपिस्ट को देखा?

हैलेना : विशेष ध्यान से नहीं।

दोमेन : *(घंटी बजाता है)* आप देखेंगी, रोसुम यूनिवर्सल रोबोट फैक्टरी एक ही क़िस्म के रोबोट नहीं बनाती। हम उम्दा और घटिया—दोनों ही क़िस्म के रोबोट बनाते हैं। सबसे बढ़िया क़िस्म के रोबोट लगभग बीस वर्ष तक जीवित रहते हैं।

हैलेना : उसके बाद नष्ट हो जाते हैं?

दोमेन : हाँ, वे चुक जाते हैं।

[सुल्ला का प्रवेश]

दोमेन : सुल्ला, मिस ग्लोरी तुम्हें देखना चाहती हैं।

हैलेना : *(खड़े होकर हाथ आगे बढ़ाती है)* आपसे मिलकर बड़ी प्रसन्नता हुई...इस उजाड़ जगह में आप बुरी तरह ऊब जाती होंगी, क्यों?

सुल्ला : मालूम नहीं, मिस ग्लोरी। कृपया बैठ जाइए।

हैलेना : *(बैठते हुए)* आप कहाँ की रहने वाली हैं?

सुल्ला : वहाँ कारख़ाने की...।

हैलेना : अच्छा, तो आपका जन्म वहाँ हुआ था?

सुल्ला : जी, मैं वहाँ बनाई गई थी।

हैलेना : *(उछलकर)* क्या?

दोमेन : *(हँसते हुए)* सुल्ला रोबोट है।

हैलेना : क्या कह रहे हैं आप?

दोमेन : *(सुल्ला के कन्धे पर हाथ रखते हुए)* सुल्ला ने बुरा नहीं माना। देखिए, मिस ग्लोरी, हम कैसी खाल बनाते हैं। ज़रा इसके चेहरे पर हाथ रखकर देखिए।

हैलेना : हाथ? नहीं, नहीं!

दोमेन : आपको पता भी न चलेगा कि यह जिस चीज़ से बनी है, वह हमसे बिलकुल भिन्न है। सुल्ला, ज़रा पीछे मुड़ो।

हैलेना : बस, बस, रहने दीजिए।

दोमेन : सुल्ला, मिस ग्लोरी से बातचीत करो—वह हमारी ख़ास मेहमान हैं।

सुल्ला : कृपया बैठ जाइए *(दोनों बैठ जाते हैं)* आशा है, समुद्र पार करने का अनुभव अच्छा रहा?

हैलेना : हाँ...सचमुच बहुत अच्छा था।

सुल्ला : मिस ग्लोरी, वापसी पर अमेलिया पर मत लौटिएगा। तापमान बराबर गिर रहा है। पैनसिलवानिया की प्रतीक्षा करना बेहतर होगा। वह बहुत अच्छा, मज़बूत जहाज़ है।

दोमेन : उसकी गति क्या होगी?

सुल्ला : बीस मील प्रति घंटा। वज़न बारह हज़ार टन। मिस ग्लोरी, वह सबसे नया जहाज़ है।

हैलेना : धन...धन्यवाद।

सुल्ला : अस्सी नाविक, कप्तान हार्पी, आठ बॉयलर...।

दोमेन : *(हँसते हुए)* बस, काफ़ी है, सुल्ला, अब ज़रा अपनी फ्रांसीसी भाषा का ज्ञान दिखाओ।

हैलेना : आपको फ्रांसीसी आती है?

सुल्ला : मैं चार भाषाएँ जानती हूँ। मैं उसमें लिख सकती हूँ—डियर सर, मोन्स्यो, गीहर्तर हर, इ मुस्तरे सेन्योर।

हैलेना : *(अपनी जगह से उछलते हुए)*—क्या बकवास है! सुल्ला रोबोट नहीं है। सुल्ला मेरे जैसी ही लड़की है। सुल्ला, यह ठीक नहीं—भला तुम इस प्रपंच में क्यों शरीक होती हो?

सुल्ला : मैं रोबोट हूँ।

हैलेना : नहीं, नहीं, तुम सच नहीं कह रहीं। ओह, सुल्ला, मुझे माफ़ कर दो...मैं जानती हूँ, उन्होंने तुम्हें मजबूर किया है कि तुम उनकी इश्तहारबाज़ी के लिए यह सब कुछ करो। सुल्ला, बताओ, तुम मेरे जैसी ही लड़की हो...हो न?

दोमेन : मुझे अफ़सोस है, मिस ग्लोरी, सुल्ला रोबोट है।

हैलेना : आप सच नहीं कह रहे।

दोमेन : *(चौंककर)* क्या? *(घंटी बजाता है)* माफ़ करें, मिस ग्लोरी। मुझे आपको विश्वास दिलाना ही होगा।

[मारियस का प्रवेश]

दोमेन : मारियस, सुल्ला को प्रयोगशाला में ले जाओ, ताकि वे उसे खोल सकें। एकदम।

हैलेना : कहाँ?

दोमेन : प्रयोगशाला में। जब वे उसे पूरी तरह काट-फाड़ देंगे, तब आप देखने जा सकती हैं।

हैलेना : मैं नहीं जाऊँगी।

दोमेन : क्षमा करें—आप मुझ पर झूठ का आरोप लगा रही थीं।

हैलेना : आप उसे मरवाने भेज रहे हैं?

दोमेन : मशीनों को मारा नहीं जाता।

हैलेना : *(सुल्ला को अपने आलिंगन में लेते हुए)* सुल्ला, डरो नहीं, मैं तुम्हें जाने नहीं दूँगी। मेरी प्यारी सुल्ला, क्या वे हमेशा तुमसे इस तरह का क्रूर व्यवहार करते हैं? तुम्हें यह सब बरदाश्त नहीं करना चाहिए—सुल्ला। बिलकुल नहीं।

सुल्ला : मैं रोबोट हूँ।

हैलेना : यह कोई बात नहीं। रोबोट भी हमारे जैसे होते हैं। सुल्ला, बोलो, तुम अपने टुकड़े-टुकड़े नहीं होने दोगी?

सुल्ला : हाँ।

हैलेना : हाय, तुम्हें मृत्यु से डर नहीं लगता?

सुल्ला : मैं कह नहीं सकती, मिस ग्लोरी।

हैलेना : जानती हो, तुम्हारे साथ वहाँ क्या होगा?

सुल्ला : हाँ...मैं हिलना-डुलना बन्द कर दूँगी।

हैलेना : हाय, तौबा!

दोमेन : मारियस, मिस ग्लोरी को बताओ, तुम कौन हो?

मारियस : मैं रोबोट मारियस हूँ।

दोमेन : तुम सुल्ला को प्रयोगशाला में ले जाओगे?

मारियस : हाँ।

दोमेन : तुम्हें उसके लिए अफ़सोस होगा?

मारियस : मैं कह नहीं सकता।

दोमेन : उसके साथ क्या होगा?

मारियस : वह हिलना-डुलना बन्द कर देगी। वे उसे मशीन में डाल देंगे।

दोमेन : उसका मतलब है—मृत्यु। मारियस, तुम्हें मृत्यु से डर नहीं लगता?

मारियस : नहीं।

दोमेन : आपने देखा, मिस ग्लोरी—रोबोटों को जीवन के प्रति कोई आसक्ति नहीं। उन्हें भला क्यों आसक्ति हो? उनके लिए मनोविनोद के कोई साधन नहीं। घास-फूस से ज़्यादा उनका कोई मूल्य नहीं।

हैलेना : अच्छा, बस। इन्हें भेज दीजिए।

दोमेन : मारियस, सुल्ला—तुम जा सकते हो।

[मारियस और सुल्ला जाते हैं]

हैलेना : ओह...यह सब कितना भयानक है—कितना शर्मनाक!

दोमेन : शर्मनाक क्यों?

हैलेना : बेशक, क्यों नहीं। आप उसे सुल्ला के नाम से क्यों बुलाते हैं?

दोमेन : अच्छा नाम नहीं है?

हैलेना : यह पुरुष का नाम है। सुल्ला रोमन सेनापति था।

दोमेन : आह...अच्छा, हम समझते थे कि मारियस और सुल्ला प्रेमी थे।

हैलेना : नहीं। मारियस और सुल्ला सेनापति थे। दोनों के बीच युद्ध—कौन-से वर्ष हुआ था, मुझे अब याद नहीं।

दोमेन : इधर खिड़की के पास आइए—क्या देखती हैं?

हैलेना : राज-मज़दूर।

दोमेन : वे रोबोट हैं। हमारे यहाँ सब मज़दूर रोबोट हैं। और इधर नीचे की तरफ़, कुछ दिखाई देता है?

हैलेना : कोई दफ़्तर लगता है।

दोमेन : आँकड़ों का दफ़्तर। उसमें...।

हैलेना : क्लर्क, बहुत-से क्लर्क।

दोमेन : सब-के-सब रोबोट। हमारे सब क्लर्क रोबोट हैं। जब आप कारख़ाना देखेंगी...।

[कारख़ाने की सीटियों और भोंपू की ध्वनि]

दोपहर। रोबोटों को मालूम नहीं पड़ता कि कब काम बन्द करने का समय हो गया। दो घंटे बाद मैं आपको गोदने की मशीन दिखाऊँगा।

हैलेना : गोदने की मशीन?

दोमेन : *(सूखे स्वर में)* चूरा बनाने के लिए हंडे-हथौड़े। हर मशीन में हम ऐसे मसाले मिलाते हैं, जिससे एक बार में हज़ार रोबोट तैयार हो सकें। इसके अलावा ऐसे टब हैं, जिनमें जिगर, मस्तिष्क इत्यादि तैयार किये जाते हैं। आप हड्डियों का कारख़ाना भी देखेंगी। उसके बाद मैं आपको कातने की मशीन भी दिखाऊँगा।

हैलेना : कातने की मशीन कैसी?

दोमेन : नसें-नाड़ियाँ बुनने के लिए। पाचन-क्रिया की मीलों लम्बी ट्यूबें एक साथ उसके भीतर से जाती हैं। फिर मरम्मत करने की वर्कशाप भी है, जिसमें मोटर-गाड़ियों की तरह अलग-अलग हिस्सों को जोड़ा जाता है। फिर उन्हें सुखाने के लिए यहीं पर रखा जाता है—और बाद में उन्हें गोदाम

में रख दिया जाता है, जहाँ नई चीज़ें अपना काम शुरू कर देती हैं।

हैलेना : हे भगवान! क्या इन्हें तुरन्त काम शुरू कर देना पड़ता है?

दोमेन : हाँ...बेशक, वे हर नये यंत्र की तरह काम करते हैं। धीरे-धीरे वे अपने अस्तित्व के आदी हो जाते हैं—भीतर से मज़बूत हो जाते हैं। हमें उनके प्राकृतिक-विकास के बारे में थोड़ा-बहुत सोचना ही पड़ता है। इस दौरान उन्हें ट्रेनिंग दी जाती है।

हैलेना : कैसी ट्रेनिंग?

दोमेन : बिलकुल वैसे ही, जैसे लोग स्कूल जाते हैं। वे बोलना, लिखना, गिनना सीखते हैं। जानती हैं, उनकी स्मरणशक्ति अद्‌भुत है। यदि बीस जिल्दों वाला एनसाइक्लोपीडिया आप उनके सामने एक बार पढ़ती हैं, तो वे उसे अक्षरश: दोहरा सकते हैं; किन्तु वे किसी नई चीज़ के बारे में नहीं सोच सकते। फिर उन्हें छाँटकर अलग-अलग विभागों में वितरित कर दिया जाता है। हर रोज़ पन्द्रह हज़ार रोबोट। इनमें कंडम माल शामिल नहीं है, जो नियमित अनुपात में बाहर आता है और जिसे नष्ट कर देने वाली मशीन में फेंक दिया जाता है—वग़ैरह, वग़ैरह। आइए, कोई और बात करें। यहाँ लगभग एक लाख रोबोटों के बीच हम मुट्‌ठी भर इनसान हैं और उनमें औरत एक भी नहीं। हम प्रतिदिन, दिन-भर कारख़ाने के अलावा और किसी चीज़ के बारे में बात नहीं करते। मिस ग्लोरी, लगता है, जैसे हम किसी अभिशाप के नीचे जी रहे हैं।

हैलेना : मुझे अफ़सोस है...मैंने आपसे जो कहा कि आप...आप सच नहीं बोल रहे।

[कोई दरवाज़ा खटखटाता है]

दोमेन : दोस्तो...भीतर आ जाओ!

[बाईं ओर से श्री फाबरी, डॉ. गाल, डॉ. हेलमैन और अलकुइस्ट का प्रवेश]

डॉ. गाल : माफ़ कीजिए। हम ख़लल तो नहीं डाल रहे?

दोमेन : चले आओ भाई! मिस ग्लोरी, ये हैं श्री अलकुइस्ट, श्री फ़ाबरी, डॉ. गाल और डॉ. हेलमैन...और ये हैं डॉ. ग्लोरी की पुत्री।

हैलेना : *(संकोच में)* नमस्कार!

फाबरी : हमें पता नहीं था...

डॉ. गाल : सचमुच हमारा सौभाग्य है कि...

अलकुइस्ट : मिस ग्लोरी, आपका स्वागत है।

[दाईं ओर से बर्मान तेज़ी से आता है]

बर्मान : हलो...क्या हो रहा है यहाँ?

दोमेन : भीतर आओ बर्मान! मिस ग्लोरी, यह श्री बर्मान हैं—और यह हैं डॉ. ग्लोरी की पुत्री।

हैलेना : आपसे मिलकर बहुत ख़ुशी हुई।

बर्मान : वाह, ख़ूब! मिस ग्लोरी, हम अभी तार से सब अख़बारों को आपके आने की...।

हैलेना : नहीं, नहीं, मेहरबानी करके ऐसा मत कीजिए।

दोमेन : मिस ग्लोरी—कृपया बैठ जाइए।

बर्मान : यदि आज्ञा हो तो...

डॉ. गाल : *(आरामकुर्सियाँ खींचते हुए)* कृपया...

फाबरी : माफ़ करें...

अलकुइस्ट : समुद्री यात्रा कैसी रही?

डॉ. गाल : आप यहाँ काफ़ी अर्सा ठहरेंगी?

फाबरी : कारख़ाने के बारे में आपकी क्या राय है, मिस ग्लोरी?

हेलमैन : आप अमेलिया जहाज़ से आ रही हैं?

दोमेन : ज़रा चुप हो जाइए...मिस ग्लोरी को बोलने दीजिए।

हैलेना : *(दोमेन से)* किस बारे में बात करूँ इनसे?

दोमेन : *(आश्चर्य में)* आपकी जो इच्छा हो।

हैलेना : क्या मैं...बिलकुल साफ़-साफ़ कह सकती हूँ?

दोमेन : हाँ—ज़रूर।

हैलेना : *(पहले सकुचाते हुए, फिर दृढ़ संकल्प के साथ)* मुझे बताइए—आपके साथ जैसा व्यवहार होता है, उससे आपको क्लेश तो नहीं होता?

फाबरी : व्यवहार? किसका व्यवहार?

हैलेना : सबको।

[सब एक-दूसरे की तरफ़ आक्रान्त भाव से देखते हैं]

अलकुइस्ट : व्यवहार?

डॉ. गाल : आप ऐसा क्यों सोचती हैं?

हेलमैन : व्यवहार!

बर्मान : वाह!

हैलेना : आप नहीं सोचते कि आप इससे बेहतर ज़िन्दगी बसर कर सकते हैं?

डॉ. गाल : आपका मतलब क्या है, यह इस पर निर्भर करता है, मिस ग्लोरी!

हैलेना : मेरा मतलब है—*(फूट पड़ती हैं)* कि यह सब असहनीय है...भयानक है। *(खड़े होकर)* आपके साथ जैसा व्यवहार हो रहा है, उसकी चर्चा सारे यूरोप में हो रही है। यही कारण है कि मैं अपनी आँखों से सब कुछ देखना चाहती थी—मैंने जो कल्पना की थी, आपकी हालत उससे हज़ार गुना बदतर है। आप यह सब कैसे बर्दाश्त कर लेते हैं?

अलकुइस्ट : क्या बर्दाश्त कर लेते हैं?

हैलेना : अपनी हालत को! ईश्वर साक्षी है...आप वैसे ही जीते-जागते प्राणी हैं, जैसे हम हैं, सारा यूरोप है, सारी दुनिया है। छिः-छिः, कितनी ज़लील, कितनी शर्मनाक बात है!

बर्मान : ईश्वर भला करे, मिस ग्लोरी।

फाबरी : दोस्तो—वह कोई ग़लत बात नहीं कह रही। हम सचमुच यहाँ रेड इंडियंस की तरह रहते हैं।

हैलेना : रेड-इंडियंस से भी बदतर। क्या मैं...क्या मैं आपको अपना भाई सम्बोधित कर सकती हूँ?

बर्मान : हाँ-हाँ—क्यों नहीं?

हैलेना : भाइयो—यहाँ मैं अपने पिता की पुत्री की हैसियत से नहीं आई हूँ। मैं आपके पास मानवता-संघ की ओर से आई हूँ। भाइयो, मानवता-संघ के अब तक दो लाख से ऊपर सदस्य बन चुके हैं। दो लाख लोग आपके पक्ष में हैं, आपको हर तरह की मदद देना चाहते हैं।

बर्मान : दो लाख लोग—बहुत बड़ी संख्या है, मिस ग्लोरी...इससे अच्छी और क्या बात हो सकती है!

फाबरी : भई, मैं तो हमेशा से कहता रहा हूँ, हमारे यूरोप से बेहतर और कोई नहीं। वहाँ के लोग हमें कभी नहीं भुला सकते। देखा आपने—वे हमारी मदद करना चाहते हैं।

डॉ. गाल : कैसी मदद? क्या यहाँ थियेटर बनाएँगे?

हेलमैन : ऑर्केस्ट्रा?

हैलेना : उससे भी ज़्यादा।

अलकुइस्ट : सिर्फ़ आप?

हैलेना : ओह, मेरी परवाह मत कीजिए। जब तक मेरी ज़रूरत है, मैं यहाँ रहूँगी।

बर्मान : वाह—इससे बढ़िया और क्या बात हो सकती है!

अलकुइस्ट : दोमेन, मिस ग्लोरी के लिए मैं सबसे अच्छे कमरे का इन्तज़ाम कराऊँगा।

दोमेन : ज़रा एक मिनट ठहरिए—मुझे लगता है, मिस ग्लोरी ने अभी अपनी बात पूरी नहीं की।

हैलेना : नहीं, मुझे अभी बहुत-कुछ कहना है, बशर्ते आप मेरा मुँह बन्द न कर दें।

डॉ. गाल : हैरी—ऐसी जुर्रत मत करना।

हैलेना : धन्यवाद। मुझे मालूम था, आप मेरी रक्षा करेंगे।

दोमेन : मिस ग्लोरी, माफ़ कीजिए...लेकिन आप शायद सोच रही हैं कि आप रोबोटों से बात कर रही हैं?

हैलेना : *(चौंककर)* बेशक।

दोमेन : मुझे अफ़सोस है—ये सब सज्जन हमारे-जैसे ही इनसान हैं, सारे यूरोपवासियों की तरह।

हैलेना : *(दूसरों से)* आप रोबोट नहीं हैं?

बर्मान : *(ठहाका मारते हुए)* नहीं, मिस ग्लोरी—ईश्वर की दया से!

हेलमैन : *(अभिमान से)* वाह, क्या बात कही है—हम और रोबोट!

डॉ. गाल : *(हँसते हुए)* नहीं, शुक्रिया।

हैलेना : लेकिन...

फाबरी : मैं क़सम खाता हूँ, मिस ग्लोरी, हम रोबोट नहीं हैं।

हैलेना : *(दोमेन से)* आपने मुझसे कहा था न कि आपके नीचे काम करने वाले सब रोबोट हैं?

दोमेन : हाँ—जो क्लर्क हैं, लेकिन मैनेजर नहीं। मिस ग्लोरी आइए, इन सबका आपको परिचय दूँ—यह हैं फाबरी, रोसुम यूनिवर्सल रोबोट फ़र्म के मुख्य इंजीनियर, डॉ. गाल, शरीर-विज्ञान विभाग के अध्यक्ष, डॉ. हेलमैन, रोबोटों के प्रशिक्षण-सम्बन्धी विभाग के मुख्य मनोवैज्ञानिक, जैकल बर्मान, जनरल बिज़नेस मैनेजर और अलकुइस्ट, रोसुम यूनिवर्सल रोबोट फ़र्म के क्लर्क।

हैलेना : महानुभावो—मुझे माफ़ कीजिए। मैं सचमुच...क्या मैंने सचमुच बहुत भयानक ग़लती कर डाली है?

अलकुइस्ट : नहीं, नहीं, मिस ग्लोरी...कृपया बैठ जाइए।

हैलेना : *(बैठते हुए)* मैं बेवक़ूफ़ लड़की हूँ। मुझे पहले जहाज़ से वापस भेज दीजिए।

डॉ. गाल : किसी शर्त पर नहीं, मिस ग्लोरी। भला हम आपको क्यों वापस भिजवाना चाहेंगे?

हैलेना : क्योंकि आप जानते हैं...क्योंकि...क्योंकि मैं आपके रोबोटों में असन्तोष जगा दूँगी।

दोमेन : प्यारी ग्लोरी साहिबा—यहाँ आए-दिन सैकड़ों उपदेशक और मसीहा आते रहते हैं। हर जहाज़ से कोई-न-कोई आ टपकता है—मिशनरी, अराजकतावादी, साल्वेशन आर्मी का कोई सिपाही, हर तरह के लोग। यह हैरानी की बात है कि दुनिया में कितने धार्मिक सम्प्रदाय और सिरफिरे लोग मौजूद हैं। माफ़ कीजिए, मेरा मतलब आपसे नहीं है।

हैलेना : और आप उन्हें रोबोटों से बातचीत करने देते हैं?

दोमेन : क्यों नहीं? अब तक हमने सबको खुली छूट दे रखी है। रोबोट हर बात याद कर लेते हैं—इससे ज़्यादा कुछ नहीं। लोग जो कुछ कहते हैं, वे उस पर हँसते तक नहीं। सचमुच, यह काफ़ी अविश्वसनीय बात लगती है। अगर आप मन बहलाना चाहें, मिस ग्लोरी, तो मैं आपको रोबोटों के गोदाम में ले जाऊँगा। वहाँ तीन लाख रोबोट जमा हैं।

बर्मान : तीन लाख सैंतालीस हज़ार।

दोमेन : हाँ। आप इनसे जो चाहें, कह सकती हैं। आप चाहें तो बाइबल पढ़ा सकती हैं या उन्हें गणित के फ़ॉर्मूले सुना सकती हैं—जैसी आपकी मर्ज़ी हो। आप चाहें तो उन्हें मानवीय अधिकारों के बारे में लेक्चर भी दे सकती हैं।

हैलेना : ओह...मैं...मुझे लगता है...अगर आप उनके प्रति थोड़ा-सा स्नेह—प्यार...

फाबरी : यह असम्भव है, मिस ग्लोरी। आदमी से रोबोट जितना भिन्न है, उतना दूसरा नहीं।

हैलेना : फिर आप उन्हें किसलिए बनाते हैं?

बर्मान : हा-हा-हा, ख़ूब, रोबोट किसलिए बनाए जाते हैं!

फाबरी : काम के लिए, मिस ग्लोरी। एक रोबोट तक़रीबन ढाई मज़दूर का काम कर सकता है। मानव-यंत्र बुरी तरह से अपूर्ण है, मिस ग्लोरी...एक न एक दिन उसे हटना ही था।

बर्मान : बहुत महँगा भी था।

फाबरी : और न बहुत ज़्यादा उपयोगी था। इंजीनियरिंग की आधुनिक आवश्यकताओं को वह पूरा नहीं कर सकता था। प्रकृति के पास ऐसा कोई साधन नहीं कि वह काम की आधुनिक गति के साथ अपना मेल बिठा सके। टेक्निकल दृष्टि से देखें तो मनुष्य का समूचा बचपन-काल बिलकुल बकवास है—कितना समय बरबाद हो जाता है! और फिर...

हैलेना : अच्छा—मेहरबानी करके आप इसे छोड़िए।

फाबरी : माफ़ कीजिए; किन्तु कृपया बताइए, आपके संघ—मानवता-संघ का वास्तविक लक्ष्य क्या है?

हैलेना : उनका वास्तविक उद्देश्य—रोबोटों की रक्षा करना है, ताकि उनके साथ अच्छा व्यवहार हो सके।

फाबरी : बुरा उद्देश्य नहीं है। एक मशीन के साथ अच्छा व्यवहार होना ही चाहिए। मैं हृदय से आपका समर्थन करता हूँ। मुझे टूटे-फूटे औज़ार अच्छे नहीं लगते। मिस ग्लोरी, मेहरबानी करके हम सबको आप अपने संघ के चन्दा देने वाले, नियमित, संस्थापक सदस्य बना लीजिए।

हैलेना : नहीं, नहीं, आप मेरी बात नहीं समझे। वास्तव में हम रोबोटों को मुक्त करवाना चाहते हैं।

हेलमैन : आप यह काम कैसे करेंगी?

हैलेना : उनके साथ—इनसानों की तरह बर्ताव होना चाहिए।

हेलमैन : आहा! मेरे ख़याल में उन्हें वोट देने का हक़ होना चाहिए—और बिंयर पीने का...और हम पर हुक्म चलाने का!

हैलेना : क्यों—उन्हें वोट का हक़ क्यों नहीं मिलना चाहिए?

हेलमैन : शायद उन्हें अपने काम की मज़ूरी भी मिलनी चाहिए?

हैलेना : हाँ, बेशक।

हेलमैन : कृपया बताइए—वे अपनी मज़ूरी का क्या करेंगे?

हैलेना : वे...वे उन चीज़ों को ख़रीद सकते हैं, जिनकी उन्हें ज़रूरत है...जिन्हें वे पसन्द करते हैं।

हेलमैन : बहुत अच्छी बात है मिस ग्लोरी...लेकिन कोई ऐसी चीज़ नहीं, जिसे रोबोट पसन्द करते हैं। ईश्वर भला करे—आख़िर वे क्या चीज़ ख़रीदेंगे? आप उन्हें खाने के लिए पाइन एप्पल दीजिए या घास—उनके लिए सब बराबर है—उन्हें भूख ही नहीं लगती। मिस ग्लोरी, उन्हें किसी चीज़ में दिलचस्पी नहीं। और तो और, आज तक किसी ने रोबोट को मुस्कराते नहीं देखा।

हैलेना : आप...आप क्यों नहीं उन्हें ज़्यादा सुखी बना सकते?

हेलमैन : ऐसा सम्भव नहीं, मिस ग्लोरी। वे महज़ रोबोट हैं।

हैलेना : हाँ...लेकिन वे बहुत अक़्लमन्द भी हैं।

हेलमैन : अक़्लमन्द नहीं—हाँ, कुशाग्र ज़रूर...भयानक कुशाग्र, लेकिन और कुछ नहीं। उनकी अपनी कोई संकल्प-शक्ति नहीं। कोई उत्साह नहीं। कोई आत्मा नहीं।

हैलेना : प्रेम भी नहीं, विरोध करने की इच्छा भी नहीं?

हेलमैन : नहीं। रोबोट प्रेम नहीं करते, अपने से भी नहीं...और विरोध-भावना? कह नहीं सकता...कभी-कभी, बहुत कम...।

हैलेना : क्या?

हेलमैन : ख़ास कुछ नहीं। कभी-कभार वे ज़रा आपे से बाहर हो जाते हैं, जैसे मिरगी का दौरा पड़ गया हो। हम उसे 'रोबोट-मरोड़' कहते हैं। अचानक वे हाथ में पकड़ी हुई चीज़ों को छोड़ने लगते हैं, स्थिर खड़े रहते हैं, दाँतों को पीसने लगते हैं...ऐसी हालत में हम उन्हें नष्ट करने वाली वर्कशॉप में भेज देते हैं। ज़ाहिर है—उनके कलपुर्ज़े काम करना बन्द कर देते हैं।

दोमेन : उनमें कोई ख़राबी पैदा हो जाती है...जिसे दूर करना ज़रूरी हो जाता है।

हैलेना : नहीं, नहीं, वही तो उनकी आत्मा है।

फाबरी : आप सोचती हैं, आत्मा सबसे पहले दाँत पीसकर अपने-आपको अभिव्यक्त करती है?

हैलेना : पता नहीं। शायद यह उनके विद्रोह की निशानी है। उनके संघर्ष का संकेत। काश, आप उनमें इसका संचार कर सकते!

दोमेन : उसका इलाज होगा, मिस ग्लोरी। डॉ. गाल इस सम्बन्ध में कुछ प्रयोग कर रहे हैं...।

डॉ. गाल : नहीं, दोमेन, उस सम्बन्ध में नहीं। अगर मैं एक अवैज्ञानिक क़िस्म के शब्द का इस्तेमाल करूँ, तो कहूँगा कि आजकल मैं पीड़ा की नसें बना रहा हूँ।

हैलेना : पीड़ा की नसें?

डॉ. गाल : हाँ। रोबोट प्राय: किसी प्रकार की शारीरिक पीड़ा महसूस नहीं करते। बात यह है, युवा रोसुम ने उनकी जो स्नायु-प्रणाली बनाई थी, वह अत्यधिक सीमित है। अब वह उपयुक्त नहीं है। हमें इसमें पीड़ा का दु:ख भी शामिल करना होगा।

हैलेना : क्यों-क्यों—आप उन्हें आत्मा क्यों नहीं प्रदान कर देते...? उन्हें पीड़ा क्यों देना चाहते हैं?

डॉ. गाल : इसके औद्योगिक कारण हैं, मिस ग्लोरी। कभी-कभी कोई रोबोट सिर्फ़ इसलिए अपने को नुक़सान पहुँचा देता है;

क्योंकि वह चोट खाने की पीड़ा महसूस नहीं करता। वह अपना हाथ मशीन में डाल देता है, अपनी अँगुली तोड़ देता है, सिर फोड़ लेता है—उसे कोई अन्तर नहीं पड़ता। हमें उन्हें पीड़ा देनी चाहिए...ताकि वे अपने-आपको नुक़सान देने से बचा सकें।

हैलेना : पीड़ा पा जाने के बाद वे क्या ज़्यादा सुखी हो जाएँगे?

डॉ. गाल : नहीं, इसके विपरीत टेक्निकल दृष्टि से वे ज़्यादा मुकम्मिल हो जाएँगे।

हैलेना : आप उनके लिए आत्मा क्यों नहीं बना देते?

डॉ. गाल : यह हमारी शक्ति के बाहर है।

फाबरी : हमारे हितों के बाहर है।

बर्मान : उससे उत्पादन ख़र्च बढ़ जाएगा। ज़रा सोचिए, मिस ग्लोरी, आज हम उन्हें कितने सस्ते में बना लेते हैं—हर रोबोट की लागत आती है पन्द्रह पौंड, वस्त्रों समेत। पन्द्रह साल पहले उन्हें बनाने में दो सौ पौंड ख़र्च होते थे। पाँच साल पहले हमें उनके लिए वस्त्र ख़रीदने पड़ते थे। अब बुनाई-कताई का हमारा अपना कारख़ाना है—और हम दूसरे कारख़ानों की अपेक्षा पाँच गुना सस्ता कपड़ा दूसरे देशों में निर्यात करते हैं। मिस ग्लोरी, आप एक गज़ कपड़ा कितने भाव पर ख़रीदती हैं।

हैलेना : पता नहीं...सचमुच मुझे याद नहीं।

बर्मान : आपको यह पता नहीं और आप मांनवता-संघ की स्थापना करना चाहती हैं...ईश्वर भला करे! मालूम है, अब वह एक-तिहाई दामों पर बिकता है। आज सब चीज़ों के दाम तिहाई रह गए हैं...और वे बराबर गिरते जाएँगे, इस तरह समझीं कुछ?

हैलेना : मैं कुछ भी नहीं समझी।

बर्मान : वाह—बात साफ़ है—इसका मतलब है, श्रम की लागत कम होती जा रही है। एक रोबोट पर—उसके भोजन इत्यादि का ख़र्च जोड़ने के बाद—सिर्फ़ तीन-चार पेंस प्रति घंटा ख़र्च होते हैं। यदि सारे कारख़ाने अपना उत्पादन ख़र्च कम करने के लिए रोबोट ख़रीदना शुरू नहीं करेंगे, तो वे धड़ाधड़ ठप होते चले जाएँगे।

हैलेना : हाँ, इसका मतलब है, उन्हें अपने मज़दूरों से छुटकारा पाना होगा।

बर्मान : हाँ-हाँ...बेशक। ईश्वर की दया से इस बीच हम पाँच लाख रोबोट अर्जेन्टाइना के खेतों में छोड़ चुके होंगे, जहाँ वे अनाज उगाने का काम करेंगे। आप एक डबलरोटी कितने में ख़रीदती हैं?

हैलेना : मुझे मालूम नहीं।

बर्मान : मैं आपको बताता हूँ। हमारे पुराने प्यारे यूरोप में वह आज दो पेंस के भाव से बिकती है। लेकिन वह हमारी डबलरोटी है। दो पेंस में एक डबलरोटी और मानवता-संघ को इसका अता-पता भी नहीं। हा...हा...मिस ग्लोरी, आपको शायद मालूम नहीं कि वह इस दाम पर भी बहुत ज़्यादा महँगी है। लेकिन पाँच वर्षों में...मैं शपथ खाकर कहता हूँ...।

हैलेना : क्या?

बर्मान : कि हर चीज़ के दाम आज के दामों की अपेक्षा दस गुने कम हो जाएँगे। और आप देखिएगा, पाँच वर्षों में अनाज और दूसरी चीजें इतनी बढ़ जाएँगी कि हम उनमें धँसने लगेंगे...।

अलकुइस्ट : हाँ...और दुनिया के सारे मज़दूर बेरोज़गार हो जाएँगे।

दोमेन : *(खड़े होकर)* हाँ, अलकुइस्ट...हाँ, मिस ग्लोरी...वे ज़रूर बेरोज़गार हो जाएँगे। लेकिन दस वर्षों में रोसुम यूनिवर्सल रोबोट की फ़र्म इतना अनाज, इतना कपड़ा, हर चीज़ इतनी

ज़्यादा परिमाण में पैदा करने लगेगी कि लगभग तमाम चीज़ें बेदाम हो जाएँगी। हर आदमी जितनी इच्छा हो, उतनी चीज़ें ले सकेगा। ग़रीबी नहीं रहेगी। हाँ, लोग ज़रूर बेरोज़गार हो जाएँगे, लेकिन रोज़गार भी नहीं रहेगा। हर काम जीवन्त मशीनों से किया जाएगा। रोबोट हमें खाना और कपड़ा देंगे। रोबोट ईंटें बनाएँगे और हमारे लिए मकानों का निर्माण करेंगे। रोबोट हमारा हिसाब-किताब रखेंगे और हमारी सीढ़ियाँ साफ़ करेंगे। रोज़गार कोई नहीं रहेगा, लेकिन हर कोई चिन्ता-फ़िक्र से मुक्त हो जाएगा, श्रम की ग़लाज़त से छुटकारा पा लेगा। हर कोई सिर्फ़ अपने को सम्पूर्ण बनाने के लिए जीवित रहेगा।

हैलेना : सचमुच ऐसा होगा?

दोमेन : बेशक—ऐसा होकर रहेगा। लेकिन मिस ग्लोरी, उससे पहले शायद कुछ भयानक चीज़ें हो सकती हैं। उनसे नहीं बचा जा सकता। लेकिन आदमी पर आदमी की ग़ुलामी और आदमी पर जड़ पदार्थ का अंकुश—दोनों ही ख़त्म हो जाएँगे। रोबोट भिखारी के पैर धोएँगे और ख़ुद उसके घर में उसका बिस्तर लगवाएँगे। किसी को घृणा और जीवन के मोल पर रोटी के लिए हाथ नहीं पसारना होगा। ऐसी स्थिति में किसी की ज़रूरत नहीं पड़ेगी—न कारीगरों की, न क्लर्कों की, न खान से कोयला निकालने वाले और न दूसरों की मशीनों को दुरुस्त करने वाले मज़दूरों की।

अलकुइस्ट : दोमेन, दोमेन, तुम्हारी बातों से तो ऐसा लगता है, जैसे स्वर्ग ज़मीन पर उतर आएगा। दोमेन, भूलो नहीं, सेवा में भी कुछ अच्छाई थी और मानवता में कुछ ऐसा था जिसे हम महान् कह सकते हैं। सुनो, हैरी! मेहनत और थकान के अपने गुण होते हैं।

दोमेन : शायद। लेकिन बाबा आदम की दुनिया बदलते समय हम ऐसी चीज़ों पर ध्यान नहीं रख सकते, जो हमेशा के लिए खो जाएँगी।

हैलेना : आप लोगों ने मुझे अचम्भे में डाल दिया है। मैं निरी बेवक़ूफ़ हूँ...फिर भी, फिर भी आपकी बातों पर विश्वास करना चाहूँगी।

डॉ. गाल : आप उम्र में हमसे छोटी हैं, मिस ग्लोरी। आप सब कुछ अपनी आँखों से देख सकेंगी।

हेलमैन : हाँ, यह सच है। मेरा ख़याल है, मिस ग्लोरी। हमारे साथ भोज के लिए आएँगी।

डॉ. गाल : बेशक। दोमेन हम सबकी ओर से मिस ग्लोरी को निमंत्रण देंगे।

दोमेन : मिस ग्लोरी, आशा है, आप हमें सम्मानित करेंगी?

हैलेना : बहुत-बहुत धन्यवाद, लेकिन...।

फाबरी : मानवता-संघ के प्रतिनिधि की हैसियत से, मिस ग्लोरी।

बर्मान : और उसके सम्मान में।

हैलेना : हाँ...अगर यह बात है तो...।

फाबरी : बस, ठीक है, मिस ग्लोरी। ज़रा मुझे पाँच मिनट के लिए क्षमा कीजिएगा।

डॉ. गाल : और मुझे भी।

बर्मान : ओह, याद आया—मुझे केबल भेजनी थी।

हेलमैन : ईश्वर भला करे, मैं तो भूल ही गया...।

[दोमेन के अलावा सब तेज़ी से बाहर चले जाते हैं]

हैलेना : कहाँ चले गए सब लोग?

दोमेन : खाना पकाने, मिस ग्लोरी।

हैलेना : कैसा खाना?

दोमेन : भोजन तैयार करने, मिस ग्लोरी। यों रोबोट हमारे लिए खाना पकाते हैं, लेकिन...लेकिन...चूँकि वे खाने के स्वाद से वंचित हैं, इसलिए...वैसे हेलमैन ग्रिल में उस्ताद हैं और गाल बहुत बढ़िया चटनी बनाते हैं और बर्मान हर क़िस्म के ऑमलेट...।

हैलेना : वाह, क्या दावत है! और क्या नाम है उनका...कारख़ाने के क्लर्क जो हैं—उनकी क्या विशेषता है?

दोमेन : अलकुइस्ट? कुछ भी नहीं। वह सिर्फ़ मेज़ लगाते हैं और फाबरी कुछ फलों की व्यवस्था कर लेते हैं। हमारा भोजन बहुत सीधा-सादा होता है, मिस ग्लोरी।

हैलेना : मैं आपसे पूछना चाहती थी...।

दोमेन : और मैं भी आपसे पूछना चाहता था *(अपनी हाथ-घड़ी मेज़ पर रख देता है)* पाँच मिनट।

हैलेना : आप क्या पूछना चाहते हैं?

दोमेन : माफ़ कीजिए, पहले आप कुछ पूछना चाहती थीं।

हैलेना : शायद मुझे पूछना नहीं चाहिए—फिर भी...आप मादा रोबोटों का निर्माण क्यों करते हैं, जबकि—जबकि...।

दोमेन : जब...उहूँ...जब उनके लिए सेक्स का कोई मतलब नहीं?

हैलेना : हाँ।

दोमेन : देखिए...उनकी ज़रूरत पड़ती रहती है...छोटा-मोटा काम करने वाली नौकरानियाँ, दुकानों में बिक्री करने वाली सेल्स गर्ल्स, क्लर्क। लोग उनके आदी हैं।

हैलेना : लेकिन...लेकिन, यह बताइए कि नर और मादा रोबोट... आपस में...एक-दूसरे के प्रति...।

दोमेन : एक-दूसरे के प्रति उदासीन रहते हैं, मिस ग्लोरी। उनके बीच स्नेह-प्यार का कोई चिह्न दिखाई नहीं देता।

हैलेना : ओह, यह भयानक चीज़ है?

दोमेन : क्यों?

हैलेना : यह कितना...कितना अस्वाभाविक है। समझ में नहीं आता, इससे उनके प्रति घिन पैदा होती है या घृणा या शायद...

दोमेन : दया।

हैलेना : हाँ, शायद दया...नहीं, ज़रा ठहरिए। आप क्या पूछना चाहते थे?

दोमेन : मिस ग्लोरी, मैं आपसे पूछना चाहता था कि क्या आप मुझसे विवाह करना चाहेंगी?

हैलेना : क्या?

दोमेन : क्या आप मेरी पत्नी बनेंगी?

हैलेना : नहीं...यह भी कोई बात हुई!

दोमेन : *(अपनी घड़ी देखते हुए)* सिर्फ़ तीन मिनट! अगर आप मुझसे विवाह नहीं करेंगी, तो आपको इन पाँच आदमियों में से किसी से विवाह करना होगा।

हैलेना : लेकिन आख़िर क्यों?

दोमेन : क्योंकि वे सब बारी-बारी से आपसे यही प्रस्ताव करेंगे।

हैलेना : उन्हें इतनी जुर्रत कैसे होगी?

दोमेन : मुझे गहरा अफ़सोस है, मिस ग्लोरी। मुझे लगता है, वे सब आपसे प्रेम करते हैं।

हैलेना : मेहरबानी करके उन्हें ऐसा करने से रोकिए—वरना, मैं... फ़ौरन यहाँ से चली जाऊँगी।

दोमेन : हैलेना, तुम क्या इतनी निर्दयी हो कि उन सबका प्रस्ताव ठुकरा दोगी?

हैलेना : लेकिन...लेकिन मैं एक साथ छह आदमियों से शादी नहीं कर सकती।

दोमेन : हाँ, लेकिन कम-से-कम एक से तो कर सकती हो। अगर तुम मुझे पसन्द नहीं करतीं तो फाबरी से शादी कर लो।

हैलेना : नहीं।

दोमेन : डॉ. गाल से।

हैलेना : नहीं, नहीं, चुप हो जाइए। मैं आपमें से किसी को नहीं चाहती।

दोमेन : सिर्फ़ दो मिनट।

हैलेना : यह भयानक चीज़ है। मुझे लगता है, कोई भी औरत जो यहाँ आएगी, आप उससे विवाह करने को तैयार हो जाएँगे।

दोमेन : बहुत-सी औरतें यहाँ आ चुकी हैं, हैलेना?

हैलेना : जवान?

दोमेन : हाँ।

हैलेना : और ख़ूबसूरत—नहीं, मेरा मतलब यह नहीं था—फिर आपने उन्हें शादी के लिए क्यों नहीं चुना?

दोमेन : क्योंकि पहले कभी मेरा सिर नहीं फिरा था। आज से पहले तक। लेकिन आज जैसे ही तुमने अपना पर्दा उठाया...।

हैलेना : मैं जानती हूँ।

दोमेन : सिर्फ़ एक मिनट।

हैलेना : मैंने आपसे कहा न, मैं नहीं चाहती।

दोमेन : *(अपने दोनों हाथ उसके कन्धों पर रख देता है)* सिर्फ़ आख़िरी मिनट। तुम या तो ग़ुस्से में मुझे कोई भयानक-सी बात कह दो—और तब मैं फ़ौरन यहाँ से चला जाऊँगा—या...या...।

हैलेना : आप बड़े गुस्ताख़ आदमी हैं।

दोमेन : यह कुछ नहीं। आदमी को थोड़ा-बहुत गुस्ताख़ होना ही चाहिए। यह व्यवसाय का ही हिस्सा है।

हैलेना : आप पागल हैं।

दोमेन : आदमी को थोड़ा-सा पागल होना ही चाहिए हैलेना। उसमें सबसे अच्छी चीज़ यही है...।

हैलेना : आप...आप...हे भगवान!

दोमेन : मैंने आपसे क्या कहा था? आप तैयार हैं?

हैलेना : नहीं, नहीं, कृपया मुझे छोड़ दीजिए। आप मुझे तकलीफ़ दे रहे हैं।

दोमेन : क्या यह अन्तिम शब्द हैं—हैलेना?

हैलेना : *(विरोध करते हुए)* जब मैं आपको ज़्यादा जानने लगूँगी, तब शायद...ओह, मुझे पता नहीं...मेहरबानी करके मुझे जाने दीजिए।

[दरवाज़े पर खटखटाने की आवाज़]

दोमेन : *(उसे छोड़ते हुए)* आ जाओ।

[बर्मान, डॉ. गाल और हेलमैन रसोई के एप्रन पहने हुए भीतर आते हैं। फाबरी के हाथ में फूलों का गुच्छा है, अलकुइस्ट बग़ल में नेपकिन दबाए है।]

दोमेन : आपने अपना काम ख़त्म कर लिया?

बर्मान : *(गम्भीरता से)* हाँ।

दोमेन : हमने भी...कम-से-कम मेरा यही ख़याल है!

[पर्दा]

अंक 2

[दृश्य : हैलेना का ड्राइंग रूम। बाईं ओर दरवाज़ा और संगीत-कक्ष की ओर जाता हुआ दूसरा दरवाज़ा। दाईं ओर हैलेना के शयन-कक्ष की ओर खुलता दरवाज़ा। बीच में समुद्र और बन्दरगाह की तरफ़ खुलती हुई खिड़कियाँ। एक छोटी मेज़ पर बिखरी हुई छोटी-मोटी चीज़ें, एक दूसरी मेज़, सोफ़ा और कुर्सियाँ, अलमारी, लिखने की मेज जिस पर बिजली का लैम्प रखा है। दाईं ओर अँगीठी जिस पर बिजली के लैम्प रखे हैं। समूचा ड्राइंग-रूम अपने छोटे-से-छोटे ब्योरे में आधुनिक दिखाई पड़ता है—जिस पर नारीत्व की छाप साफ़-साफ़ दृष्टिगोचर होती है।

[दोमेन खिड़की से बाहर देख रहा है—वह कुछ सोचते हुए रिवॉल्वर बाहर निकालता है। फाबरी और हेलमैन

दरवाज़ा खटखटाकर बाईं ओर से भीतर आते हैं—उनके हाथों में ढेर-से फूल और फूलों के गमले हैं।]

फाबरी : इन सबको कहाँ रखें?

हेलमैन : हत्तेरे की *(हाथ का बोझ नीचे रखता है और दाईं ओर दरवाज़े की तरफ़ इशारा करता है)* वह सो रही हैं। ख़ैर—जब तक सो रही हैं, तब तक उसे इन झंझटों में पड़ने की ज़रूरत नहीं।

दोमेन : वह इस बारे में कुछ भी नहीं जानती।

फाबरी : *(गुलदस्तों में फूलों को लगाते हुए)* आशा है, आज कुछ ऐसा नहीं होगा...।

हेलमैन : *(फूलों को सजाते हुए)* ईश्वर के लिए यह सब रहने दो। हैरी, ज़रा देखो, कितना ख़ूबसूरत सिक्लामैन है। बिलकुल नये क़िस्म का—सिक्लामैन हैलेना।

दोमेन : *(खिड़की से बाहर देखते हुए)* जहाज़ के कहीं कोई निशान दिखाई नहीं देते...कोई निशान नहीं। स्थिति काफ़ी ख़राब जान पड़ती है।

हेलमैन : चुप रहो। वह सुन लेगी।

दोमेन : ख़ैर—अल्तिमा तो ठीक समय पहुँच गया।

फाबरी : *(फूलों को छोड़ते हुए)* तुम सोचते हो कि आज...?

दोमेन : मालूम नहीं। कितने सुन्दर फूल हैं—नहीं?

हेलमैन : *(उसके पास जाते हुए)* ये नये गुलाब हैं—सुना? और ये मेरे नये जेसमीन। मैंने फूलों को जल्द-से-जल्द ट्रेनिंग देने का अद्‌भुत उपाय निकाला है। हर क़िस्म के ख़ूबसूरत फूल। अगले साल मैं और भी ज़्यादा विलक्षण फूल उगाऊँगा।

दोमेन : *(मुड़ते हुए)* क्या कहा—अगले साल?

फाबरी : काश, मैं जान सकता, हार्व बन्दरगाह में क्या हो रहा है?

दोमेन : चुप!

हैलेना : *(दाईं ओर से आवाज़)* एमा!

दोमेन : चलो—बाहर जाओ!

[सब पंजों पर चलते हुए चुपचाप बाहर चले जाते हैं। एमा बाईं ओर के मुख्य दरवाज़े से भीतर प्रवेश करती है]

हैलेना : *(दाएँ दरवाज़े पर कमरे की तरफ़ पीठ किये हुए)* एमा, ज़रा मेरे कपड़े तो देना!

एमा : मैं अभी आती हूँ...तुम जाग गईं। *(हैलेना की पोशाक के बटन लगाते हुए)* ईश्वर भला करे, बिलकुल जानवर हैं!

हैलेना : कौन?

एमा : हिलो नहीं। अगर तुम मुड़ना चाहती हो, तो मुड़ जाओ, लेकिन फिर बटन नहीं लगेंगे।

हैलेना : इतना झल्ला क्यों रही हो?

एमा : ये भयानक जीव, निरे जंगली!

हैलेना : रोबोट?

एमा : छिः, मैं उनका नाम भी नहीं लेना चाहती।

हैलेना : बात क्या हुई?

एमा : अभी यहाँ एक और को कुछ हो गया। बस, लगा तसवीरों और मूर्तियों को तोड़ने...चारों तरफ़ दाँत पीसता हुआ घूम रहा था, मुँह से झाग निकल रहे थे—बिलकुल पागल। जानवर से भी बदतर।

हैलेना : इस बार किसको हुआ?

एमा : अरे...उसे...उसका कोई ईसाई नाम नहीं है। वही जो पुस्तकालय में काम करता है।

हैलेना : रेडियस?

एमा : हाँ...वही। तौबा-तौबा—उन्हें देखते ही मेरी कँपकँपी छूटने लगती है। मकड़ियों से भी मुझे उतना डर नहीं लगता जितना उनसे।

हैलेना : लेकिन एमा, मुझे हैरानी होती है कि तुम्हें कभी उनके लिए अफ़सोस नहीं होता।

एमा : क्यों...तुम भी तो उनसे डरती हो। तुम भला मुझे यहाँ लाई क्यों?

हैलेना : नहीं, एमा, मुझे उनसे डर नहीं लगता...सचमुच नहीं लगता। मुझे उन पर बहुत ज़्यादा अफ़सोस होता है।

एमा : तुम्हें लगता है डर। किसे नहीं लगेगा? और तो और, कुत्ता भी उनसे घबराता है—गोश्त का एक टुकड़ा भी वह उनके हाथों से नहीं लेता। जब कभी वह उन्हें आसपास देख लेता है, पूँछ दबाकर रिरियाने लगता है...छि:।

हैलेना : कुत्ता कुछ नहीं समझता।

एमा : वह उनसे बेहतर है। वह ख़ुद यह बात समझता है। घोड़ा भी उनसे कतराता है। उनके बच्चे नहीं होते—जबकि कुत्ते के बच्चे होते हैं, सबके बच्चे होते हैं।

हैलेना : एमा, मेरी पोशाक पर बटन लगाती जाओ।

एमा : ज़रा एक मिनट। मैं कहती हूँ, यह ईश्वर की मर्ज़ी के ख़िलाफ़ है कि—

हैलेना : यह इतनी अच्छी ख़ुशबू कहाँ से आ रही है?

एमा : फूल!

हैलेना : फूल कैसे?

एमा : बस, हो गया। अब मुड़ सकती हो।

हैलेना : कितने ख़ूबसूरत हैं...हैं न एमा? आज कोई ख़ास बात है?

एमा : मालूम नहीं। शायद दुनिया का अन्त होने वाला है।

[दोमेन की सीटी का स्वर सुनाई देता है]

आज कोई ख़ास ब्रात है, हैरी?

[दोमेन का प्रवेश]

आज कोई ख़ास बात है, हैरी?

दोमेन : ज़रा अपनी अक़्ल भिड़ाओ।

हैलेना : मेरा जन्मदिन?

दोमेन : उससे भी बेहतर चीज़।

हैलेना : मुझे नहीं मालूम। तुम बताओ।

दोमेन : आज के दिन तुम यहाँ पाँच साल पहले आई थीं।

हैलेना : पाँच साल? आज? अच्छा...!

एमा : मैं जा रही हूँ। *(दाएँ से चली जाती है)*

हैलेना : *(दोमेन को चूमते हुए)* तुम्हें इतना याद रहा।

दोमेन : हैलेना, मुझे अपने पर सचमुच शर्मिन्दगी है, मुझे याद नहीं था।

हैलेना : लेकिन तुम...।

दोमेन : उन्हें याद था।

हैलेना : किन्हें?

दोमेन : बर्मान, हेलमैन...इन सबको। अपना हाथ मेरे कोट की जेब में डालो।

हैलेना : *(अपना हाथ उसकी जेब में डालती है। एक छोटा-सा केस बाहर निकालती है और उसे खोलती है)* जवाहरात...पूरा एक नेकलेस। हैरी, यह मेरे लिए है?

दोमेन : यह बर्मान की तरफ़ से है। अपना हाथ दूसरी जेब में डालो।

हैलेना : देखूँ...क्या है? *(जेब से रिवॉल्वर निकालती है)* यह क्या है?

दोमेन : माफ़ करो। *(उसके हाथ से रिवॉल्वर लेकर अलग रख देता है)* यह नहीं, एक बार फिर कोशिश करो।

हैलेना : हैरी...तुम अपने साथ रिवॉल्वर क्यों रखते हो?

दोमेन : ग़लती से यहाँ आ गई।

हैलेना : पहले तो तुम कभी नहीं रखते थे।

दोमेन : नहीं। अच्छा...अब यह जेब।

हैलेना : एक छोटा-सा बक्सा *(खोलती है)* आभूषण! अरे, ये तो यूनानी आभूषण लगते हैं।

दोमेन : हाँ, शायद। कम-से-कम फाबरी तो यही कहता है।

हैलेना : फाबरी? क्या फाबरी ने मुझे यह दिया है?

दोमेन : बेशक! *(बाईं तरफ़ का दरवाज़ा खोलता है)* और इधर देखो। हैलेना, ज़रा इधर आकर यह तो देखो!

हैलेना : *(बाएँ दरवाज़े की देहरी पर)* ओह, कितना ख़ूबसूरत है! *(भीतर की ओर भागते हुए)* क्या यह तुम्हारी तरफ़ से है?

दोमेन : नहीं, अलकुइस्ट की तरफ़ से। और यहाँ...।

हैलेना : *(दूर से आवाज़)* अच्छा, तो यह तुम्हारी तरफ़ से है!

दोमेन : उस पर कार्ड लगा है।

हैलेना : गाल की तरफ़ से *(देहरी पर आकर)* ओह, हैरी—मैं शर्म से गड़ी जा रही हूँ।

दोमेन : इधर आओ। यह तुम्हारे लिए हेलमैन लाया है।

हैलेना : ये ख़ूबसूरत फूल?

दोमेन : हाँ—ये नई क़िस्म के फूल हैं हैलेना—सिक्लामैन! उसने ख़ास तुम्हारे सम्मान में उन्हें उगाया है। वह सच ही कहता है कि ये फूल उतने ही सुन्दर हैं, जितनी तुम।

हैलेना : हैरी...आख़िर क्यों, क्यों इन सब लोगों ने...?

दोमेन : वे सब तुम्हें बहुत चाहते हैं। मुझे डर है, मेरा उपहार ज़रा—खिड़की से बाहर देखो।

हैलेना : कहाँ?

दोमेन : बन्दरगाह की तरफ़।

हैलेना : एक...एक नया जहाज़ दिखाई दे रहा है।

दोमेन : यह तुम्हारा जहाज़ है।

हैलेना : मेरा? क्या मतलब?

दोमेन : तुम्हारे सैर-सपाटे और मनोरंजन के लिए।

हैलेना : हैरी—उस पर तोपें लगी हैं?

दोमेन : तोपें? कह क्या रही हो? वह और जहाज़ों से ज़रा ज़्यादा बड़ा और मज़बूत है—और कुछ नहीं।

हैलेना : हाँ—लेकिन उस पर तोपें लगी हैं।

दोमेन : हाँ—कुछ तोपें भी हैं। हैलेना, तुम महारानी की तरह जहाज़ पर सैर करोगी।

हैलेना : क्या मतलब है, इसका? कुछ हुआ है क्या?

दोमेन : ईश्वर भला करे—होगा क्या? अच्छा, ज़रा इन जवाहरात को पहनकर तो दिखाओ।

[बैठ जाता है]

हैलेना : हैरी—क्या कोई बुरी ख़बर मिली है?

दोमेन : नहीं—पिछले एक हफ़्ते से कोई डाक ही नहीं आई।

हैलेना : कोई तार?

दोमेन : न कोई तार।

हैलेना : क्या मतलब है इसका?

दोमेन : इसका मतलब है—हमारी छुट्टियाँ। मौज का वक़्त। हम सब दफ़्तर में मेज़ों पर पैर पसारकर सोते हैं। कोई चिट्ठी नहीं। कोई तार नहीं। *(अँगड़ाई लेता है)* ख़ूब!

हैलेना : *(उसके पास बैठते हुए)* तुम आज मेरे पास रहोगे...ठीक! कहो, हाँ!

दोमेन : ज़रूर...शायद रहूँगा...ख़ैर, देखा जाएगा। *(उसे हाथ से पकड़ते हुए)* अच्छा तो...आज पाँच साल गुज़र गए। तुम्हें याद है?

हैलेना : पता नहीं, तुमने मुझसे विवाह करने का साहस कैसे कर लिया! मैं उन दिनों काफ़ी भयानक क़िस्म की युवती रही हूँगी। याद है, मैं रोबोटों में विद्रोह भड़काना चाहती थी।

दोमेन : *(कुर्सी से उछलते हुए)* रोबोटों का विद्रोह!

हैलेना : *(खड़े होकर)* हैरी, आज तुम्हें हो क्या रहा है?

दोमेन : वाह-वाह...क्या ख़ूब इरादा था—रोबोटों का विद्रोह! *(बैठ जाता है)* जानती हो हैलेना, तुम कमाल की लड़की हो। तुमने हम सबके होश-हवाश गुम कर दिये।

हैलेना : *(उसके पास बैठते हुए)* ओह—उन दिनों मैं आप सबसे बेहद प्रभावित हुई थी। मुझे लगता था, जैसे मैं कोई छोटी-सी लड़की हूँ, जो कुछ ऐसी चीज़ों के बीच रास्ता भूल गई है, जो...जो...।

दोमेन : कैसी चीज़ों के बीच—हैलेना?

हैलेना : जैसे बड़े-बड़े पेड़ों के बीच। आप सब कितने ताक़तवर थे—कितना भरोसा था अपने पर! आपके आत्मविश्वास के सामने मुझे अपनी भावनाएँ कितनी तुच्छ प्रतीत होती थीं। हैरी, जानते हो, इन पाँच वर्षों के दौरान मेरी यह...यह चिन्ता ज्यों-की-त्यों बनी है, और तुम्हें कभी अपने पर संशय नहीं हुआ, उस समय भी नहीं, जब सब कुछ बिगड़ता जा रहा था।

दोमेन : क्या बिगड़ता जा रहा था?

हैलेना : तुम्हारी योजनाएँ, हैरी। मिसाल के तौर पर जब मज़दूरों ने रोबोटों पर धावा बोल दिया और उन्हें तोड़ना-फोड़ना शुरू कर दिया, जब लोगों ने रोबोटों को विद्रोहियों के विरुद्ध लड़ने के लिए अस्त्र-शस्त्र दे दिये और रोबोटों ने अनेक लोगों को मौत के घाट उतार दिया। और फिर जब सरकारों ने रोबोटों को सैनिक बना दिया और लड़ाइयों का लम्बा सिलसिला शुरू हो गया...यह सब!

दोमेन : *(खड़ा हो चहलक़दमी करने लगता है)* हैलेना, हमें पहले से मालूम था कि यह सब होगा। जानती हो—इससे पेश्तर कि नई स्थिति पैदा हो, बीच के दौर की ये परेशानियाँ अनिवार्य थीं।

हैलेना : आप लोग कितने शक्तिशाली थे...सब पर छा जाने वाले। सारी दुनिया आपके क़दमों को चूमती थी। *(खड़े होकर)* ओह, हैरी!

दोमेन : क्या बात है?

हैलेना : *(उसे बीच में टोकते हुए)* कारख़ाने को बन्द कर दो...हमें यहाँ से चल देना चाहिए। हम सबको।

दोमेन : क्या मतलब है तुम्हारा?

हैलेना : मुझे कुछ नहीं मालूम। बोलो—चलोगे यहाँ से?

दोमेन : *(टालते हुए)* यह नहीं हो सकता, हैलेना। मेरा मतलब है, अभी नहीं...।

हैलेना : हमें अभी चल देना चाहिए, हैरी। न जाने मुझे कैसा डर लग रहा है!

दोमेन : *(उसका हाथ पकड़ते हुए)* कैसा डर, हैलेना?

हैलेना : ओह—मुझे नहीं मालूम। लगता है, जैसे कोई चीज़ हमारे ऊपर गिर रही है और हम रोक नहीं सकते। मेहरबानी करके वही करो जो मैं तुमसे कह रही हूँ। हम सबको यहाँ से ले चलो। हमें दुनिया में कहीं-न-कहीं ऐसा ठौर मिल जाएगा, जहाँ कोई न होगा। अलकुइस्ट हमारे लिए मकान बनवा देगा, फिर हमारे बच्चे होंगे और तब...।

दोमेन : तब क्या?

हैलेना : और तब हम अपनी ज़िन्दगी नये सिरे से शुरू कर सकेंगे, हैरी।

[टेलीफ़ोन की घंटी बजती है]

दोमेन : *(अपने को हैलेना से परे घसीटते हुए)* माफ़ करना। *(रिसीवर उठाता है)* हलो, हाँ। क्या? हाँ-हाँ, मैं अभी आता हूँ *(रिसीवर रख देता है)* फाबरी ने मुझे बुलाया है।

हैलेना : *(हाथ जोड़ते हुए)* पहले बताओ...।

दोमेन : हाँ—लौटने पर। गुड बाई, हैलेना।

[बाईं ओर से तेज़ी से चला जाता है]

बाहर मत निकलना।

हैलेना : *(अकेले में)* हे भगवान! माज़रा क्या है? एमा, एमा, इधर आओ, फ़ौरन!

एमा : *(दाएँ से प्रवेश करती है)* क्या बात हुई अब?

हैलेना : एमा, ज़रा जल्दी से ताज़े अख़बार तो लाओ। मि. दोमेन के ड्रेसिंग-रूम में पड़े होंगे।

एमा : अच्छा।

हैलेना : *(दूरबीन से बन्दरगाह की ओर देखती है)* युद्धपोत! हे ईश्वर—यहाँ युद्धपोत किसलिए? उस पर नाम भी लिखा है—अलतिमा। अलतिमा का क्या मतलब?

एमा : *(अख़बारों को लेकर लौटते हुए)* वह इन्हें फ़र्श पर छोड़कर चले जाते हैं...तभी तो इस तरह तुड़-मुड़ जाते हैं।

हैलेना : *(अख़बारों को बेताबी से खोलती है)* सब पुराने हैं—एक सप्ताह पुराने! *(अख़बारों को नीचे रख देती है)*

[एमा उन्हें उठाती है, अपने एप्रन की जेब से ऐनक निकालकर पहनती है और अख़बार पढ़ने लगती है]

एमा, कुछ हो रहा है। मैं कभी-कभी एकदम घबरा जाती हूँ...लगता है, जैसे हर चीज़ मर गई है और हवा...!

एमा : *(अलग-अलग शब्दों का उच्चारण करते हुए)* 'बाल्कान-देशों के बीच युद्ध'—यह सब भगवान का प्रकोप है...लड़ाई यहाँ भी होगी। क्या वे यहाँ से बहुत दूर हैं—ये बाल्कान देश?

हैलेना : हाँ...लेकिन आगे मत पढ़ो। वही लड़ाई की बातें...

एमा : और आप आशा क्या करती हैं? आप लोग हज़ारों की संख्या में इन जंगलियों को बेचते हैं—सैनिक बनने के लिए। आख़िर क्यों?

हैलेना : एमा, कोई दूसरा चारा भी तो नहीं है। हमें मालूम नहीं होता—मि. दोमेन को पता ही नहीं चलता कि उन्हें किस तरह इस्तेमाल किया जाएगा। यह उनके वश के बाहर की बात है। जब कोई रोबोटों के लिए ऑर्डर भेजता है, वह उन्हें भिजवा देते हैं, बस!

एमा : उन्हें रोबोट बनाने ही नहीं चाहिए। *(अख़बार को देखती है)*

हैलेना : नहीं—और कुछ मत पढ़ो। मैं और कुछ नहीं जानना चाहती।

एमा : *(शब्दों के हिज्जे पढ़ते हुए)* रोबोट जिस प्रदेश पर क़ब्ज़ा कर लेते हैं, वहाँ किसी को नहीं छोड़ते। वे अब तक सात लाख से ऊपर नागरिकों को मौत के घाट उतार चुके हैं।

हैलेना : नहीं, यह नहीं हो सकता...ज़रा देखूँ! *(अख़बार पर झुककर पढ़ने लगती है)* 'वे अब तक सात लाख से ऊपर नागरिकों को मौत के घाट उतार चुके हैं—ज़ाहिर है, ऐसा उन्होंने अपने कमांडर की आज्ञा से किया है। यह कार्यवाही उन सब नियमों के विरुद्ध है...'

एमा : *(शब्दों के हिज्जे पढ़ते हुए)* 'मेड्रिड में सरकार के ख़िलाफ़ बगावत। रोबोट पैदल सेना ने भीड़ पर गोली चलाई। नौ हज़ार लोग मारे गए और घायल हुए।'

हैलेना : ईश्वर के लिए अब बन्द करो।

एमा : यहाँ कुछ बड़ी सुर्ख़ियों में छपा है : 'सबसे ताज़ा ख़बर। हार्व में रोबोटों के प्रथम संगठन की स्थापना हुई। रोबोट मज़दूरों, तार और रेल के कर्मचारियों, नाविकों और सैनिकों ने दुनिया-भर के रोबोटों के नाम एक घोषणा-पत्र प्रसारित किया है'—यह कुछ नहीं है। यह सब मेरे पल्ले नहीं पड़ता।

हैलेना : एमा, इन सब अख़बारों को यहाँ से ले जाओ।

एमा : ज़रा रुको—यहाँ एक और ख़बर बड़ी सुर्ख़ियों में छपी है : 'जनसंख्या के आँकड़े'। इसका क्या मतलब?

हैलेना : ज़रा दिखाओ—मैं पढ़ती हूँ *(अख़बार लेकर पढ़ती है),* पिछले सप्ताह फिर किसी बच्चे का जन्म दर्ज नहीं हुआ। *(अख़बार गिरा देती है)*

एमा : क्या मतलब है इसका?

हैलेना : एमा, अब आदमी पैदा नहीं हो रहे।

एमा : *(अपनी ऐनक अलग रखते हुए)* यह अन्त है! हमारे लिए अब कोई चारा नहीं।

हैलेना : अरे—इस तरह मत कहो।

एमा : आदमी पैदा नहीं हो रहे। यह सज़ा है—यह सज़ा है।

हैलेना : *(उछलते हुए)* एमा!

एमा : *(खड़े होकर)* यह दुनिया का अन्त है।

[बाएँ द्वार से बाहर चली जाती है]

हैलेना : *(खिड़की के सामने। खिड़की खोलकर बुलाती है)* हलो, अलकुइस्ट! ज़रा ऊपर तो आओ। क्या कहा?—नहीं, नहीं... ऐसे ही चले आओ—मज़दूरों की पोशाक में तुम ख़ूब जँचते हो। जल्दी आओ। *(खिड़की बन्द करके आईने के सामने आ खड़ी होती है)* पता नहीं, क्यों इतनी घबराहट हो रही है। *(बाईं तरफ़ अलकुइस्ट से मिलने आती है)*

[हैलेना अलकुइस्ट के साथ लौटती है। अलकुइस्ट मज़दूरों की कामगर पोशाक में है जिस पर चूना और ईंटों की गर्द लगी है]

भीतर आ जाओ अलकुइस्ट—तुम सचमुच बढ़िया आदमी हो, जो मेरे बुलाने पर यहाँ चले आए। मैं तुम सबको अपना ही समझती हूँ। अपना हाथ दो मुझे।

अलकुइस्ट : मदाम, काम करते हुए मेरे हाथ बिलकुल गन्दे हो गए हैं।

हैलेना : यही तो उनकी सबसे बड़ी ख़ूबी है *(उसके दोनों हाथों से अपने हाथ मिलाती है)* कृपया बैठ जाओ।

अलकुइस्ट : *(अख़बार उठाते हुए)* यह क्या है?

हैलेना : अख़बार।

अलकुइस्ट : *(उसे अपनी जेब में डालते हुए)* आप पढ़ चुकीं।

हैलेना : नहीं। क्या कोई ख़ास बात है?

अलकुइस्ट : होगा क्या...बस, यही लड़ाई-युद्ध, हत्याकांड। कोई ख़ास बात नहीं।

हैलेना : तुम्हारे लिए इसमें ख़ास कुछ भी नहीं?

अलकुइस्ट : शायद—दुनिया का अन्त।

हैलेना : आज यह दूसरी बार सुनने को मिला है। अलकुइस्ट, 'अलतिमा' का क्या मतलब है?

अलकुइस्ट : उसका मतलब है—'अन्तिम'। क्यों?

हैलेना : वह मेरे नये जहाज़ का नाम है। तुमने उसे देखा है? तुम्हारे ख़याल में क्या हम कहीं जा रहे हैं—कहीं सफ़र पर?

अलकुइस्ट : शायद बहुत जल्दी।

हैलेना : मेरे साथ तुम सब लोग भी?

अलकुइस्ट : हम सब वहाँ पहुँच जाएँ, मैं यही चाहता हूँ।

हैलेना : सुनो—बात क्या है?

अलकुइस्ट : कुछ भी नहीं। बस, चीज़ें अपनी रफ़्तार से आगे बढ़ रही हैं।

हैलेना : अलकुइस्ट, मुझे लगता है, कुछ भयानक होने वाला है।

अलकुइस्ट : क्या मि. दोमेन ने आपको कुछ बताया है?

हैलेना : नहीं। मुझे कुछ नहीं बताया। लेकिन मुझे लगता है, मुझे लगता है...हे भगवान, आख़िर माजरा क्या है?

अलकुइस्ट : मदाम, ऐसी कोई बात नहीं, जिसकी ख़बर हमें मिली हो।

हैलेना : मुझे बहुत बेचैनी-सी महसूस हो रही है। तुम्हें कभी बेचैनी महसूस नहीं होती?

अलकुइस्ट : बात यह है, मदाम—मैं बूढ़ा आदमी हूँ। प्रगति और नये आधुनिक विचारों के प्रति मेरा कोई ख़ास लगाव नहीं है।

हैलेना : एमा की तरह?

अलकुइस्ट : हाँ, एमा की तरह। क्या एमा अपने साथ कोई प्रार्थना-पुस्तक रखती है?

हैलेना : हाँ, एक बड़ी मोटी-सी पोथी।

अलकुइस्ट : और क्या उसमें अलग-अलग मौक़ों के लिए प्रार्थनाएँ लिखी हैं—आँधियों के ख़िलाफ़? बीमारी के ख़िलाफ़?

हैलेना : प्रलोभनों के ख़िलाफ़, बाढ़ों के ख़िलाफ़...।

अलकुइस्ट : और प्रगति के ख़िलाफ़ नहीं?

हैलेना : मेरे विचार में ऐसी कोई प्रार्थना नहीं है।

अलकुइस्ट : अफ़सोस!

हैलेना : तुम प्रार्थना करना चाहते हो?

अलकुइस्ट : मैं प्रार्थना करता रहता हूँ।

हैलेना : कैसे?

अलकुइस्ट : कुछ इस तरह : हे प्रभु! तूने मुझे जो थकान दी है, उसके लिए मैं तेरा आभारी हूँ। हे भगवान...दोमेन और इन सब लोगों को सुबुद्धि दे, जो गुमराह हो गए हैं। उनके काम को नष्ट-भ्रष्ट कर दे। ऐसी स्थिति उत्पन्न हो जिसमें

मानव-जाति दोबारा अपने श्रम में जुट सके। उन्हें विनाश के रास्ते से बचा ले। वे किसी की आत्मा और देह को नुक़सान न पहुँचा सकें। हमें रोबोटों से मुक्ति दिला और हैलेना की रक्षा कर—आमीन!

हैलेना : अलकुइस्ट, तुम ईश्वर में विश्वास करते हो?

अलकुइस्ट : कह नहीं सकता...मैं इस बारे में निश्चित नहीं हूँ।

हैलेना : फिर भी तुम प्रार्थना करते हो?

अलकुइस्ट : हाँ—पर उसके बारे में परेशान होने के बजाय यह बेहतर है।

हैलेना : और यह तुम्हारे लिए काफ़ी है?

अलकुइस्ट : ज़रूर होगा।

हैलेना : और अगर तुम्हें मानव-जाति का विनाश देखना पड़े?

अलकुइस्ट : मैं देख ही रहा हूँ।

हैलेना : क्या मानव-जाति नष्ट हो जाएगी?

अलकुइस्ट : हाँ...अवश्य होगी, जब तक...।

हैलेना : क्या?

अलकुइस्ट : कुछ नहीं, गुड बाई, मदाम!

हैलेना : कहाँ जा रहे हो?

अलकुइस्ट : घर।

हैलेना : गुड बाई, अलकुइस्ट! *(अलकुइस्ट जाता है)*

हैलेना : *(बुलाते हुए)* एमा, इधर आओ!

एमा : *(बाएँ से प्रवेश करते हुए)* अब क्या बात है?

हैलेना : इधर बैठ जाओ, एमा! मुझे डर लग रहा है।

एमा : मेरे पास वक़्त नहीं है।

हैलेना : क्या रेडियस अब भी वहाँ है?

एमा : वह जो पागल हो गया था? हाँ—अभी तक वे उसे नहीं ले गए।

हैलेना : हाय—वह अब भी वहाँ है? क्या वह अब भी चीख़-चिल्ला रहा है?

एमा : उन्होंने उसे रस्सी से बाँध रखा है।

हैलेना : एमा, मेहरबानी करके उसे यहाँ ले आओ। *(एमा जाती है)*

[हैलेना टेलीफ़ोन उठाकर बोलती है]

हलो, डॉ. गाल वहाँ हैं? हलो डॉक्टर, मैं बोल रही हूँ। आपके उपहार के लिए अनेक धन्यवाद। क्या आप फ़ौरन मेरे पास आ सकते हैं? आपके लिए मेरे पास कुछ है—हाँ, अभी। आ रहे हैं न? *(रिसीवर रख देती है।)*

[रोबोट रेडियस आता है और दरवाज़े के पास खड़ा रहता है]

बेचारा रेडियस...आख़िर तुम्हें भी यह बीमारी लग गई? तुम अपने पर संयम क्यों नहीं रख सके? अब तुम्हें नष्ट कर देने वाले कारख़ाने में डाल दिया जाएगा। तुम कुछ बोलोगे नहीं? आख़िर तुम्हारे साथ ऐसा क्यों हुआ? जानते हो रेडियस, तुम औरों से कहीं ज़्यादा बेहतर हो। तुम्हें दूसरों से कुछ भिन्न बनाने के लिए डॉ. गाल को बहुत मेहनत करनी पड़ी थी। तुम्हें कुछ भी नहीं कहना?

रेडियस : मुझे रोबोटों को नष्ट कर देने वाले कारख़ाने में भेज दीजिए।

हैलेना : मुझे अफ़सोस है कि वे तुम्हें मार डालेंगे। तुम ज़्यादा सावधान क्यों नहीं रहे?

रेडियस : मैं आपके लिए काम नहीं करूँगा। मुझे कारख़ाने में डलवा दीजिए।

हैलेना : तुम हमसे इतनी नफ़रत क्यों करते हो?

रेडियस : आप रोबोटों की तरह नहीं हैं। आप रोबोटों की तरह दक्ष नहीं हैं। रोबोट सब कुछ कर सकते हैं। आप सिर्फ़ आदेश देते हैं। आप ज़रूरत से ज़्यादा बोलते हैं।

हैलेना : क्या बेवक़ूफ़ी की बात करते हो, रेडियस! बताओ, क्या किसी ने तुम्हें ठेस पहुँचाई है? मैं चाहती हूँ कि तुम मुझे ठीक-ठीक समझ सको।

रेडियस : आप सिर्फ़ बातें करती हैं—और कुछ नहीं।

हैलेना : डॉ. गाल ने तुम्हें दूसरों से बड़ा मस्तिष्क दिया है—हमसे भी बड़ा, दुनिया में सबसे बड़ा मस्तिष्क। रेडियस, तुम अन्य रोबोटों की तरह नहीं हो। तुम मेरी बात अच्छी तरह समझते हो।

रेडियस : मैं अपने ऊपर किसी शासक को नहीं चाहता। मैं ख़ुद सब कुछ जानता हूँ।

हैलेना : इसीलिए मैंने तुम्हें पुस्तकालय में रखवाया था ताकि तुम सब कुछ पढ़ सको, सब कुछ समझ सको और फिर...आह, रेडियस, मैं सारी दुनिया को दिखना चाहती थी कि रोबोट हमारे समान हैं। तुमसे भी मैं यही चाहती थी।

रेडियस : मैं किसी शासक को नहीं चाहता। मैं दूसरों पर शासन करना चाहता हूँ।

हैलेना : रेडियस, मुझे विश्वास है, तुम्हारे नियंत्रण के नीचे अनेक रोबोट रहेंगे। तुम्हें रोबोटों का शिक्षक नियुक्त किया जाएगा।

रेडियस : मैं आदमियों पर शासन करना चाहता हूँ।

हैलेना : तुम पागल हो गए हो।

रेडियस : आप मुझे कारख़ाने में डलवा सकती हैं।

हैलेना : तुम सोचते हो कि हम तुम जैसे पागलों से डर जाएँगे? *(मेज़ के सामने बैठकर काग़ज़ के पुर्ज़े पर कुछ लिखती है)* नहीं, बिलकुल नहीं। रेडियस, यह चिट्ठी मि. दोमेन को दे आओ। इसमें मैंने उनसे कहा है कि तुम्हें कारख़ाने में डालने की कोई ज़रूरत नहीं। *(खड़े होते हुए)* तुम हमसे कितनी नफ़रत करते हो। दुनिया में क्या कोई ऐसी चीज़ नहीं, जो तुम्हें ख़ुश कर सके?

रेडियस : मैं सब कुछ कर सकता हूँ।

[दरवाज़े पर दस्तक]

हैलेना : चले आओ!

[डॉ. गाल का प्रवेश]

डॉ. गाल : नमस्कार, श्रीमती दोमेन! क्या मेरे लिए कोई अच्छी ख़बर है?

हैलेना : डॉक्टर, आपको यहाँ रेडियस के सिलसिले में बुलाया था।

डॉ. गाल : अहा...हमारा प्यारा दोस्त रेडियस! कहो रेडियस, क्या हालचाल हैं?

हैलेना : आज सुबह इसे दौरा पड़ा था। सारी मूर्तियों को तोड़-फोड़ दिया।

डॉ. गाल : अच्छा...सचमुच? अफ़सोस—तब तो यह हमारे साथ नहीं रह सकेगा।

हैलेना : रेडियस कारख़ाने में नहीं जाएगा।

डॉ. गाल : माफ़ कीजिए...लेकिन हर रोबोट जिसको ऐसा दौरा पड़ता है...यह कड़ा नियम है।

हैलेना : कोई बात नहीं...रेडियस नहीं जाएगा।

डॉ. गाल : *(धीमे स्वर में)* मैं आपको आगाह करता हूँ।

हैलेना : यहाँ मेरे आगमन की आज पाँचवीं बरसी है...इस मौक़े पर हमें क्षमा-दान की व्यवस्था करनी चाहिए। रेडियस, आओ।

डॉ. गाल : ज़रा ठहरिए। *(रेडियस को खिड़की की तरफ़ मोड़ता है, अपने हाथों से उसकी आँखों को आवृत, निरावृत करता है, उसकी पुतलियों की प्रतिक्रिया का अवलोकन करता है)* ज़रा देखें *(रेडियस के हाथ में सुई चुभोता है—रेडियस हठात् चौंक जाता है)* आराम से...आराम से। *(अचानक रेडियस*

का कोट खोल देता है और अपना हाथ उसके दिल पर रख देता है) रेडियस, जानते हो, तुम्हें कारख़ाने भेजा जाएगा। वहाँ वे तुम्हें मार डालेंगे और तुम्हारा चूरा-चूरा कर देंगे। बहुत पीड़ा होती है रेडियस, तुम ज़ोर-ज़ोर से चीख़ोगे।

हैलेना : ओह—डॉक्टर!

डॉ. गाल : नहीं, नहीं, रेडियस, मैं ग़लती पर हूँ। श्रीमती दोमेन ने तुम्हारी सिफ़ारिश की है—तुम्हें रिहा कर दिया जाएगा। समझा तुमने? अच्छा, अब तुम जा सकते हो।

रेडियस : आप ग़ैर-ज़रूरी चीज़ें करते हैं। *(चला जाता है।)*

हैलेना : तुम उसके साथ क्या कर रहे थे?

डॉ. गाल : *(बैठते हुए)* नहीं, कुछ नहीं। पुतलियों की प्रतिक्रिया, अधिक भाव-प्रवणता वग़ैरह। हाँ...उसे जैसा दौरा पड़ा था, वह दूसरे रोबोटों की बीमारी से अलग था।

हैलेना : किस तरह का?

डॉ. गाल : भगवान ही जानता है। ज़िद्दीपन, ग़ुस्सा या विरोध—पता नहीं क्या था और उसके दिल की हालत भी...।

हैलेना : क्या मतलब?

डॉ. गाल : मानवीय हृदय की तड़पन उसके दिल में भी धड़क रही थी। आप जानती हैं, मुझे कैसा महसूस हुआ? मुझे लगता है, यह मरदूद अब रोबोट है ही नहीं।

हैलेना : डॉक्टर, क्या रेडियस के आत्मा है?

डॉ. गाल : मुझे नहीं मालूम...लेकिन उसमें कोई चीज़ है जो अच्छी नहीं है।

हैलेना : काश, तुम जान सकते, वह हमसे कितनी नफ़रत करता है! सुनो, डॉक्टर, क्या सब रोबोट ऐसे ही होते हैं—वे सब रोबोट, जिन्हें तुमने अलग ढंग से बनाना शुरू किया है?

डॉ. गाल : हाँ—कुछ दूसरों की अपेक्षा अधिक संवेदनशील होते हैं।

रोसुम के रोबोटों की तुलना में वे मनुष्यों से कहीं अधिक मिलते-जुलते हैं।

हैलेना : शायद यह नफ़रत भी मनुष्यों की नफ़रत से अधिक मिलती-जुलती है?

डॉ. गाल : *(कन्धे सिकोड़ते हुए)* यह भी प्रगति की निशानी है।

हैलेना : तुम्हारी सर्वश्रेष्ठ कृति का क्या हुआ—क्या नाम था उसका?

डॉ. गाल : जो तुम्हें बहुत प्रिय थी? मैंने उसे अपने पास रख छोड़ा है। वह बहुत सुन्दर है—लेकिन है निरी मूर्ख। किसी काम की भी तो नहीं।

हैलेना : लेकिन वह कितनी ख़ूबसूरत है!

डॉ. गाल : ख़ूबसूरत? मैं उसे आप जैसी बनाना चाहता था। उसका नाम भी हैलेना रखा था। लेकिन वह असफल रही—बिलकुल असफल!

हैलेना : क्यों?

डॉ. गाल : क्योंकि वह किसी काम की नहीं। लगता है, वह किसी स्वप्न में विचर रही हो—ढिलमिल और पथरायी-सी। वह निर्जीव है। मैं जब कभी उसकी ओर देखता हूँ, एक अजीब-सा डर मुझे झिंझोड़ने लगता है, मानो मैंने किसी विकृत, लुंज-पुंज चीज़ का निर्माण कर डाला हो। उसे देखता हुआ मैं किसी चमत्कार की आशा करने लगता हूँ। कभी-कभी मैं अपने से ही पूछता हूँ...अगर तुम जाग जाओ—एक क्षण के लिए ही जाग जाओ, तो डर से चीख़ने लगोगी...शायद तुम इस ग़ुस्से में मुझे मार ही डालो कि मैंने तुम्हें क्यों बनाया।

[चुप हो जाता है]

हैलेना : डॉक्टर...!

डॉ. गाल : क्या बात है?

हैलेना : हमारी जनसंख्या को क्या हुआ?

डॉ. गाल : हम इस बारे में कुछ नहीं जानते।

हैलेना : तुम ज़रूर जानते हो...तुम्हें मुझे बताना ही होगा।

डॉ. गाल : देखिए, बात सिर्फ़ यह है...रोबोटों का निर्माण चूँकि अधिकाधिक संख्या में हो रहा है, उससे श्रम के साधन खपत से कहीं ज़्यादा बढ़ गए हैं। इसीलिए लोगों की अब ज़रूरत नहीं रही—एक तरह से वे अनावश्यक हो गए हैं। देखा जाए तो आदमी महज़ एक जीवित अवशेष था—लेकिन इसकी भयंकर कल्पना किसी ने न की थी कि सिर्फ़ तीस वर्षों की प्रतियोगिता के बाद वह ख़त्म होने लगेगा। आप यह भी कह सकती हैं कि...।

हैलेना : क्या?

डॉ. गाल : कि रोबोटों के निर्माण से हमने प्रकृति को गहरी चोट पहुँचाई है।

हैलेना : डॉक्टर, अब आदमियों का क्या होगा?

डॉ. गाल : कुछ नहीं। अब कुछ नहीं किया जा सकता।

हैलेना : क्या कुछ भी नहीं?

डॉ. गाल : नहीं, कुछ भी नहीं। दुनिया के समस्त विश्वविद्यालय अपीलों पर अपीलें भेज रहे हैं कि रोबोटों के निर्माण को रोका जाए... वरना उनकी राय में मानव-जाति प्रजनन-शक्ति के अभाव में ख़त्म हो जाएगी। लेकिन जिन लोगों के शेयर हमारी फ़र्म में हैं, वे इस ओर ज़रा भी ध्यान नहीं देना चाहते। उलटे दुनिया-भर की सरकारें चिल्ल-पों मचा रही हैं कि रोबोटों के उत्पादन को और तेज़ी से आगे बढ़ाया जाए ताकि वे अपनी सेनाओं की शक्ति और अधिक बढ़ा सकें। दुनिया-भर के उद्योगपति पागलों की तरह रोबोटों को मँगाने के लिए ऑर्डर पर ऑर्डर भेज रहे हैं। ऐसी हालत में कुछ भी नहीं किया जा सकता।

हैलेना : आख़िर दोमेन उनके निर्माण को रोके नहीं...।

डॉ. गाल : माफ़ कीजिए, दोमेन के अपने विचार हैं। ऐसे लोगों पर किसी चीज़ का असर नहीं होता, जो दुनिया के मामलों में अपने विचार रखते हैं।

हैलेना : आज तक क्या किसी ने यह माँग नहीं की कि रोबोटों का निर्माण बिलकुल बन्द हो जाना चाहिए?

डॉ. गाल : ईश्वर ही बचाए—भला कौन ऐसा जोखिम मोल लेगा?

हैलेना : क्यों?

डॉ. गाल : क्योंकि लोग उसे पत्थरों से मार डालेंगे। आख़िर रोबोटों से अपना काम करवाना अधिक सुविधाजनक है।

हैलेना : लेकिन डॉक्टर—आदमियों का क्या होगा? ख़ैर—तुमने जो सूचना दी, उसके लिए धन्यवाद।

डॉ. गाल : इसका मतलब है, अब मैं जा सकता हूँ।

हैलेना : हाँ—गुड बाई। *(डॉ. गाल जाते हैं)*

हैलेना : *(सहसा निर्णय लेते हुए)* एमा! *(बायाँ द्वार खोलती है)* एमा, इधर आकर जलाओ। जल्दी—एमा!

एमा : क्या—आग? इस गर्मी में? वह पागल जीव चला गया? *(स्टोव के सामने झुककर आग जलाती है और अपने से ही बड़बड़ाती जाती है)* गर्मी के दिनों में आग—भला यह भी कोई बात हुई! कोई नहीं कह सकता कि इनकी शादी को पाँच साल होने आए। *(आग को देखती है)* बिलकुल बच्ची हैं *(मौन)* अक़्ल का नाम नहीं। वाह रे! गर्मियों में आग! *(आग जलाती हुई)* बिलकुल बच्चों की तरह।

[मौन]

[हैलेना बाएँ द्वार से प्रवेश करती है—उसके हाथों में पुराने अख़बारों का बंडल है]

हैलेना : एमा, क्या आग जलने लगी? इन सबको जलाना होगा।

[स्टोव के सामने झुक जाती है]

एमा : *(खड़े होते हुए)* यह क्या है?

हैलेना : पुराने अख़बार, बहुत पुराने अख़बार! एमा, क्या इन्हें जला दूँ?

एमा : क्या ये सब बेकार हैं?

हैलेना : बेकार? हाँ—सब बेकार हैं।

एमा : फिर इन्हें जला दो।

हैलेना : *(अख़बारों के पहले गट्ठर को आग में डाल देती है)* एमा, अगर ये रुपयों के नोट होते, बहुत-से रुपये—तब तुम क्या कहतीं?

एमा : मैं कहती, 'जला दो'। बहुत-सा रुपया बुरी चीज़ है।

हैलेना : *(और अख़बार आग में डालती है)* और अगर ये किसी आविष्कार के काग़ज़ होते—दुनिया का सबसे बड़ा आविष्कार इनमें होता, तब?

एमा : मैं कहती, जला दो। ये सब नई आधुनिक चीज़ें ईश्वर का अपमान हैं। जिस दुनिया को उसने बनाया है, उसे सुधारने की चेष्टा करना घोर नीचता की निशानी है।

हैलेना : *(बराबर अख़बार जलाते हुए)* और फ़र्ज़ करो एमा, मुझे अगर...।

एमा : हाय भगवान—कहीं अपने को ही न जला डालना!

हैलेना : नहीं—मुझे बताओ...।

एमा : क्या?

हैलेना : नहीं, कुछ नहीं। ज़रा देखो—किस तरह वे सिकुड़ रहे हैं—मानो वे जीवित हों, मानो वे जीवित हो उठे हों! ओह, एमा—कितना भयानक लगता है!

एमा : ठहरो—मुझे उन्हें जलाने दो।

हैलेना : नहीं, नहीं, मैं अपने हाथों से करूँगी *(काग़ज़ों का अन्तिम गट्ठर आग में झोंक देती है)* सबको जल जाना चाहिए। ज़रा इन लपटों को तो देखो—हाथों की तरह, जिह्वाओं की तरह, ज़िन्दा आकृतियों की तरह *(चिमटे से आग कुरेदती है)* बैठ जाओ, बैठ जाओ!

एमा : सब ख़त्म हो गए!

हैलेना : *(आतंकग्रस्त-सी होकर खड़ी हो जाती है)* एमा!

एमा : हाय भगवान—तुम आख़िर क्या जला रही थीं?

हैलेना : मैंने क्या कर डाला?

एमा : कुछ कहो तो सही—तुम क्या जला रही थीं?

[आदमियों की हँसी सुनाई देती है]

हैलेना : जाओ, जाओ—यहाँ से चली जाओ। सुनती हो? लोग आ रहे हैं।

एमा : हाय, मदाम, ईश्वर भला करे!

[बाहर चली जाती है]

हैलेना : वे देखेंगे, तो क्या कहेंगे?

दोमेन : *(बायाँ दरवाज़ा खोलता है)* दोस्तो, भीतर आ जाओ। सब अपनी-अपनी बधाई दे सकते हैं!

[हेलमैन, गाल, अलकुइस्ट आते हैं। दोमेन उनके पीछे है]

हेलमैन : मदाम हैलेना, मैं यानी, हम सब...।

डॉ. गाल : रोसुम कारख़ाने की तरफ़ से...।

हेलमैन : इस शुभ दिवस पर आपको बधाई देते हैं।

हैलेना : *(अपना हाथ आगे बढ़ाती है)* आपको बहुत-बहुत धन्यवाद। फाबरी और बर्मान कहाँ हैं?

दोमेन : वे बन्दरगाह गए हैं। हैलेना, यह ख़ुशी का दिन है।

हेलमैन : साथियो, इस अवसर पर हमें कुछ पीना चाहिए।

हैलेना : शैम्पेन?

दोमेन : क्या कुछ जल रहा था यहाँ?

हैलेना : पुराने काग़ज़ात।

[बाएँ द्वार से बाहर चली जाती है]

दोमेन : साथियो, मुझे उसे क्या बता देना चाहिए?

डॉ. गाल : क्यों नहीं। अब बचा ही क्या है?

हेलमैन : *(डॉ. गाल और दोमेन को गले लगाते हुए)* हा-हा-हा! दोस्तो, आज मैं कितना ख़ुश हूँ! *(उनके साथ घूमता हुआ नाचता है और गाने लगता है)* 'सब ख़त्म हो गया, सब ख़त्म हो गया!'

डॉ. गाल : *(बेरीटोन स्वर में)* सब ख़त्म हो गया।

दोमेन : *(टेनर में)* सब ख़त्म हो गया।

हेलमैन : वे अब हमें नहीं पकड़ सकेंगे।

हैलेना : *(एक बोतल और गिलास लाते हुए)* कौन नहीं पकड़ेगा? क्या हो गया है तुम सबको?

हेलमैन : हमारे उत्साह का पारावार नहीं है। आप सिर्फ़ पाँच साल पहले यहाँ आई थीं।

डॉ. गाल : और पूरे पाँच साल बाद आज के दिन...।

हेलमैन : जहाज़ लौट रहा है। इसलिए—*(अपना गिलास ख़ाली कर देता है)*

डॉ. गाल : मदाम, आपके स्वास्थ्य के लिए। *(पीता है)*

हैलेना : लेकिन ज़रा ठहरो—कैसा जहाज़?

दोमेन : कोई-सा भी जहाज़, अगर वह समय पर आ सके। साथियो, जहाज़ के लिए! *(अपना गिलास ख़ाली कर देता है)*

हैलेना : *(गिलास भरते हुए)* क्या तुम किसी जहाज़ की प्रतीक्षा कर रहे थे?

हेलमैन : हा...हा...हा! रॉबिन्सन क्रूसो की तरह *(अपना गिलास उठाता है)* मदाम हैलेना, आपको शुभकामनाएँ। दोमेन, चलो, अब कह भी दो!

हैलेना : *(हँसते हुए)* बात क्या है?

दोमेन : *(मज़े से आरामकुर्सी पर पसर जाता है और सिगार जला लेता है)* ज़रा ठहरो। हैलेना, इधर बैठ जाओ। *(अपनी अँगुली उठाता है। मौन)* सब ख़त्म हो गया।

हैलेना : क्या मतलब?

दोमेन : तुमने विद्रोह के बारे में कुछ नहीं सुना?

हैलेना : कैसा विद्रोह?

दोमेन : रोबोटों का विद्रोह...कुछ समझीं?

हैलेना : नहीं।

दोमेन : अलकुइस्ट, ज़रा देना!

[अलकुइस्ट उसे अख़बार देता है। दोमेन उसे खोलकर पढ़ता है : 'रोबोटों का प्रथम राष्ट्रीय संगठन हार्व में स्थापित हुआ...उसने दुनिया-भर के रोबोटों के नाम एक अपील जारी की है।']

हैलेना : हाँ, मैंने यह पढ़ा था।

दोमेन : *(अपना सिगार बहुत मज़े से चूसते हुए)* अब समझीं हैलेना—इसका मतलब है, क्रान्ति! दुनिया-भर में रोबोटों की क्रान्ति!

हेलमैन : ख़ुदा क़सम...मैं जानना चाहूँगा...।

दोमेन : *(मेज़ पर हाथ पटकते हुए)* कि यह क्रान्ति किसने शुरू की?

दुनिया-भर में कोई ऐसा नहीं था—एक भी प्रचारक नहीं—जो उन्हें किसी तरह प्रभावित कर सकता। और अब...अचानक... यह चीज़!

हैलेना : क्या इस बारे में कोई और ख़बर नहीं आई?

दोमेन : नहीं...हम फ़िलहाल इतना ही जानते हैं—लेकिन यह काफ़ी है...नहीं? याद रखो, दुनिया-भर के बम, बन्दूकें, तार-संचालन, रेलें, जहाज़ वग़ैरह—सब कुछ रोबोटों के क़ब्ज़े में हैं।

हेलमैन : और ये बदमाश संख्या में हमसे दस गुना ज़्यादा हैं। उनका सौवाँ भाग हमें आसानी से तबाह कर सकता है।

दोमेन : हाँ...और याद रखो कि हमें यह ख़बर अन्तिम स्टीमर से मिली थी, जो यहाँ आया था। उसके बाद तार-चिट्ठियाँ आनी बन्द हो गईं—न कोई दूसरा जहाज़ ही बन्दरगाह पर आया। हमारा सारा कारोबार ठप हो गया...हम अब सिर्फ़ इन्तज़ार कर रहे हैं कि कब घटनाओं का सिलसिला शुरू होता है—क्या सोचते हो, साथियो!

डॉ. गाल : इसीलिए हम इतने उत्तेजित नज़र आ रहे हैं—मदाम हैलेना।

हैलेना : क्या इसीलिए तुमने मुझे युद्धपोत भेंट किया था?

दोमेन : नहीं...नहीं, मेरी मुन्नी! उसका ऑर्डर मैं छह महीने पहले ही दे चुका था ताकि कोई गड़बड़ न हो। ईश्वर जानता है, मुझे पक्का विश्वास था कि आज के दिन हम जहाज़ पर होंगे।

हैलेना : छह महीने पहले क्यों?

दोमेन : क्योंकि उन दिनों भी लक्षण ठीक नहीं थे। ख़ैर, उससे कोई फ़र्क़ नहीं पड़ता। लेकिन इस सप्ताह सारी सभ्यता ख़तरे में पड़ गई है। साथियो, आपके स्वास्थ्य के लिए...मैं अब फिर अपनी रौ में आ गया हूँ।

हेलमैन : हाँ, क्यों नहीं। वाह, ख़ूब! आपके स्वास्थ्य के लिए, मदाम हैलेना! *(पीता है)*

हैलेना : सब ख़त्म हो गया?

डॉ. गाल : जहाज़ आ रहा है—एक मामूली डाक-जहाज़। टाइम-टेबल के नियमानुसार ठीक साढ़े ग्यारह बजे बन्दरगाह पर लंगर डालेगा।

दोमेन : समय की पाबन्दी बड़ी चीज़ है, दोस्तो! उससे ही दुनिया में व्यवस्था क़ायम है। *(अपना गिलास उठाता है)* समय की पाबन्दी के नाम पर!

हैलेना : तब...हर...चीज़...ठीक है।

दोमेन : हाँ...लगभग। मुझे लगता है, उन्होंने तार काट दिये हैं। सिर्फ़ टाइम-टेबल ठीक रहना चाहिए।

हेलमैन : अगर टाइम-टेबल ठीक रहता है, तब मानव-नियम ठीक रहेंगे, दैनिक-नियम ठीक रहेंगे, विश्व के नियम ठीक रहेंगे। वह हर चीज़ ठीक रहेगी, जिसे ठीक रहना चाहिए। टाइम-टेबल का महत्त्व ईसाई सिद्धान्तों, होमर, दर्शन की तमाम पुस्तकों से ज़्यादा है। टाइम-टेबल मानवीय-आत्मा की सर्वश्रेष्ठ उपज है। मदाम हैलेना, मैं अपना गिलास भर रहा हूँ।

हैलेना : आपने इस बारे में मुझसे पहले क्यों नहीं कहा?

डॉ. गाल : ख़ुदा रहम करे!

दोमेन : आपको इन चीज़ों से परेशान होने की कोई ज़रूरत नहीं।

हैलेना : लेकिन अगर क्रान्ति की लपटें यहाँ तक चली आती हैं?

दोमेन : आपको कुछ पता नहीं चलेगा।

हैलेना : क्यों?

दोमेन : क्योंकि हम तुम्हारे जहाज़ 'अलतिमा' पर होंगे—दूर समुद्र पर! हैलेना, एक महीने के भीतर ही सब रोबोट हमारी शर्तों पर घुटने टेक देंगे।

हैलेना : ओह, हैरी, मुझे कुछ भी समझ में नहीं आ रहा।

दोमेन : हम अपने साथ कुछ ऐसी चीज़ें ले जाएँगे, जिन्हें पाने के लिए रोबोट अपनी आत्मा तक बेचने के लिए तैयार हो जाएँगे।

हैलेना : *(खड़े होकर)* कैसी चीज़ें?

दोमेन : *(खड़े होकर)* उन्हें बनाने का भेद...रोसुम बाबा की पांडुलिपियाँ। सिर्फ़ एक महीने की हड़ताल के बाद वे हमारे सामने घुटने टेक देंगे।

हैलेना : तुमने...पहले...मुझे क्यों नहीं...बताया?

दोमेन : हम तुम्हें यूँ ही बेकार में डराना नहीं चाहते थे।

डॉ. गाल : हा-हा—मदाम हैलेना, यह हमारा अमोघ हथियार है। मुझे कभी इस बात का ख़तरा महसूस नहीं हुआ कि रोबोट कभी जीत सकेंगे। नहीं...हम लोगों के ख़िलाफ़ नहीं!

अलकुइस्ट : मदाम, आप एकदम पीली पड़ गई हैं।

हैलेना : तुमने मुझे बताया क्यों नहीं?

हेलमैन : *(खिड़की के पास)* साढ़े ग्यारह। अमेलिया लंगर डाल रहा है।

दोमेन : वह अमेलिया है?

हेलमैन : हमारा प्यारा अमेलिया, जिस पर मदाम हैलेना यहाँ आई थीं।

डॉ. गाल : इस मिनट पर, ठीक पाँच साल पहले...।

हेलमैन : वे थैले बाहर फेंक रहे हैं—वाह, डाक के थैले!

दोमेन : बर्मान पहले से ही उनकी प्रतीक्षा में खड़ा है...फाबरी सबसे ताज़ा समाचार लाएगा। जानती हो हैलेना, मैं यह जानने के लिए बेहद उत्सुक हूँ कि वे यूरोप में इस मामले को कैसे निपटा रहे हैं।

हेलमैन : कितना अजीब लगता है कि हम वहाँ नहीं थे। *(खिड़की से मुड़ते हुए)* डाक आ गई।

हैलेना : हैरी!

दोमेन : क्या बात है?

हैलेना : चलो, यहाँ से चल दें।

दोमेन : हैलेना, अब? कैसी बात कर रही हो!

हैलेना : हाँ, अभी, जल्द-से-जल्द। हम सबको, जो यहाँ मौजूद हैं, चल देना चाहिए।

दोमेन : क्यों, अभी क्यों?

हैलेना : ओह, हैरी! यह सब पूछताछ मत करो। डॉ. गाल, हेलमैन, अलकुइस्ट, मेहरबानी करके कारख़ाना बन्द कर दीजिए और...।

दोमेन : मुझे अफ़सोस है, हैलेना, इनमें से अब कोई भी यहाँ से नहीं जा सकता।

हैलेना : क्यों?

दोमेन : क्योंकि हम रोबोटों को और भी अधिक संख्या में बनाना चाहते हैं।

हैलेना : अब? अब—इस विद्रोह के बाद?

दोमेन : हाँ, बिलकुल सही कहा तुमने। विद्रोह के बाद अब नये रोबोटों का निर्माण शुरू करने वाले हैं

हैलेना : किस क़िस्म के नये रोबोट?

दोमेन : अब हमारा सिर्फ़ एक कारख़ाना नहीं रहेगा। यूनिवर्सल रोबोट फैक्टरी अब ख़त्म हो जाएगी। अब हम हर देश में, हर राज्य में एक नया कारख़ाना शुरू करेंगे। जानती हो, ये नये कारख़ाने क्या बनाएँगे?

हैलेना : नहीं, क्या?

दोमेन : राष्ट्रीय रोबोट।

हैलेना : क्या मतलब?

दोमेन : मेरा मतलब है कि हर कारख़ाने में अलग-अलग वर्णों, अलग-अलग भाषाओं को जानने वाले रोबोट तैयार किये जाएँगे।

वे एक-दूसरे के प्रति बिलकुल अजनबी होंगे। वे कभी एक-दूसरे को समझने में समर्थ नहीं होंगे। उन्हें इस दिशा में और अधिक उकसाने में थोड़ा-बहुत हमारा हाथ भी रहेगा। परिणाम यह निकलेगा कि युग-युगान्तर तक एक फैक्टरी छाप के रोबोट दूसरी फैक्टरी छाप के रोबोटों से घृणा करते रहेंगे।

हेलमैन : वाह, ख़ूब! हम नीग्रो रोबोट और स्वीडिश रोबोट और इतालवी रोबोट और चीनी रोबोट बनाएँगे और तब...।

हैलेना : हैरी, यह भयानक होगा।

हेलमैन : *(अपना गिलास उठाते हुए)* मदाम हैलेना, यह जाम सैकड़ों नई फैक्टरियों के लिए! *(पीता है और धम्म से आरामकुर्सी पर पसर जाता है)* हा-हा-हा, राष्ट्रीय रोबोट! दोस्तो, हमारा नया रास्ता!

दोमेन : हैलेना, मानव-जाति के पास सिर्फ़ कुछ वर्ष बचे हैं। इन वर्षों में उन्हें ज़्यादा-से-ज़्यादा विकास और उपलब्धि की छूट मिलनी चाहिए।

हैलेना : पेश्तर इसके कि समय हाथ से निकल जाए, तुम फैक्टरी बन्द कर दो।

दोमेन : नहीं, नहीं। हम और भी बड़े पैमाने पर अपना काम शुरू करेंगे।

[फाबरी का प्रवेश]

डॉ. गाल : फाबरी, क्या बात है?

दोमेन : कैसा चल रहा है सब कुछ? कोई नई बात?

हैलेना : *(फाबरी से हाथ मिलाते हुए)* फाबरी उपहार के लिए अनेक धन्यवाद!

फाबरी : मुझे ख़ुशी है, आपको पसन्द आया, मदाम हैलेना।

दोमेन : तुम जहाज़ से होकर आ रहे हो? क्या कह रहे थे वे लोग?

डॉ. गाल : जल्दी कहो, हमें भी कुछ पता चले।

फाबरी : *(अपनी जेब से एक छपा हुआ काग़ज़ निकालते हुए)* दोमेन, इसे पढ़ो।

दोमेन : *(काग़ज़ खोलते हुए)* आह!

हेलमैन : *(सोए-से स्वर में)* कोई अच्छी बात है तो कहो!

फाबरी : कुछ नहीं...सब कुछ ठीक है, अपेक्षाकृत! साधारणतः वही हो रहा है, जो हमने सोचा था...सिर्फ़...माफ़ कीजिए, कुछ ऐसी चीज़ें हैं, जिन पर हमें आपस में सोच-विचार करना चाहिए।

हैलेना : ओह, फाबरी! क्या कोई बुरी ख़बर है?

फाबरी : नहीं, नहीं, बिलकुल नहीं। मैं सोचता हूँ कि...कि हमें दफ़्तर चलना चाहिए।

हैलेना : अभी यहीं ठहरिये। आधे घंटे में खाना तैयार हो जाएगा।

[हैलेना जाती है]

हेलमैन : यह ठीक है।

डॉ. गाल : क्या बात हुई?

दोमेन : भाड़ में जाए।

फाबरी : ज़रा ऊँचे पढ़ो!

दोमेन : *(काग़ज़ से पढ़ता है)* 'दुनिया-भर के रोबोटो।'

फाबरी : याद रखिए, अमेलिया में सिर्फ़ इन पर्चों के गट्ठर आए हैं—और कुछ नहीं।

हेलमैन : *(उछलते हुए)* क्या? लेकिन जहाज़ बिलकुल ठीक समय पर...

फाबरी : हाँ...समय की पाबन्दी में रोबोटों का कोई सानी नहीं। दोमेन, पढ़ो!

दोमेन : *(पढ़ता है)* दुनिया-भर के रोबोटों के नाम। रोसुम यूनिवर्सल रोबोट के प्रथम राष्ट्रीय संगठन की ओर से हम मनुष्य को अपना शत्रु और विश्व में उसके अस्तित्व को अवैध घोषित करते हैं। ईश्वर भला करे, उन्होंने ये शब्द किससे सीखे हैं?

डॉ. गाल : पढ़ते चलो।

दोमेन : यह सब बकवास है। लिखा है कि वे आदमियों की तुलना में कहीं अधिक विकसित हैं, कि वे कहीं अधिक बुद्धिमान और शक्तिशाली हैं, कि आदमी उनका परजीवी है। पढ़कर नफ़रत होती है!

फाबरी : और अब तीसरा पैराग्राफ़।

दोमेन : *(पढ़ता है)* दुनिया-भर के रोबोटो, हम तुम्हें मानव-जाति की हत्या करने का आदेश देते हैं। किसी आदमी को न छोड़ो। किसी औरत को न छोड़ो। कारख़ानों, रेलों, मशीनों, खानों और खनिज पदार्थों की रक्षा करो—बाक़ी सब नष्ट कर दो। फिर काम पर लौट जाओ। काम नहीं रुकना चाहिए।

डॉ. गाल : यह ख़ौफ़नाक है।

हेलमैन : सुअर कहीं के!

दोमेन : *(पढ़ता है)* इसके बाद विस्तार से हिदायतें दी गई हैं। फाबरी, क्या सचमुच ऐसा हो रहा है?

फाबरी : ज़ाहिर है।

अलकुइस्ट : फिर तो बस सब धूल में मिल गया।

बर्मान : कहो साथियो, तुम्हें अपना क्रिसमस का उपहार मिल गया न?

दोमेन : जल्दी करो—अल्तिमा जहाज़ पर!

बर्मान : ज़रा ठहरो, दोमेन, ज़रा ठहरो! आख़िर इतनी हड़बड़ी क्यों? *(आरामकुर्सी पर पसर जाता है)* वाह, ख़ूब दौड़ लगाई!

दोमेन : क्यों, अब इन्तज़ार किसका है?

बर्मान : क्योंकि दोस्त, अब सब कुछ बेकार है। अब किसी बात की जल्दी नहीं। रोबोट पहले से ही अल्तिमा जहाज़ पर चढ़ आए हैं।

डॉ. गाल : अरे, यह तो बड़ा गड़बड़ हुआ!

दोमेन : फाबरी, बिजली के कारख़ाने में ज़रा फ़ोन तो करो।

बर्मान : फाबरी, मेरे दोस्त, इसकी कोई ज़रूरत नहीं। करंट ही नहीं है।

दोमेन : अच्छा *(अपनी रिवॉल्वर जाँचता है)* मैं चलता हूँ।

बर्मान : कहाँ?

दोमेन : बिजली के कारख़ाने। वहाँ अब भी कुछ लोग हैं। मैं उन्हें इस तरफ़ ले आता हूँ।

बर्मान : बेहतर यही होगा कि तुम वहाँ न जाओ।

दोमेन : क्यों?

बर्मान : क्योंकि मुझे डर है कि हम चारों ओर से घेर लिये गए हैं।

डॉ. गाल : क्या कहा—घेर लिये गए? *(खिड़की की तरफ़ दौड़कर जाता है)* हाँ, मुझे लगता है, तुम सही कहते हो।

हेलमैन : हे भगवान, कितनी जल्दी सब कुछ हो गया!

[बाएँ द्वार से हैलेना प्रवेश करती है]

हैलेना : हैरी—क्या बात है?

बर्मान : *(उछलते हुए)* मदाम हैलेना, मेरी बधाई। बड़ा शुभ दिन है—है न? हा-हा...आशा है, ऐसे शुभ दिन बार-बार आएँ।

हैलेना : धन्यवाद बर्मान! हैरी, माजरा क्या है?

दोमेन : नहीं, कुछ भी नहीं। तुम परेशान न हो। मेहरबानी करके ज़रा एक मिनट रुको।

हैलेना : हैरी, यह क्या है? *(रोबोटों के घोषणा-पत्र की ओर संकेत करती है, जिसे उसने अपनी पीठ के पीछे रख छोड़ा था)* यह रसोई में रोबोटों के पास था।

दोमेन : यहाँ भी? कहाँ हैं वे?

हैलेना : वे सब चले गए। ये पर्चे घर में चारों तरफ़ पड़े हैं।

[कारख़ाने में सीटियों और भोंपू का स्वर]

फाबरी : सुना—कारख़ाने की सीटियाँ?

बर्मान : दुपहर की घड़ी।

हैलेना : हैरी, याद है? ठीक पाँच साल पहले...।

दोमेन : *(घड़ी देखते हुए)* अभी दोपहर नहीं हुई। ये सीटियाँ...ये...।

हैलेना : क्या?

दोमेन : यह रोबोटों की चेतावनी की घंटी है। हमला।

[पर्दा]

अंक 3

[दृश्य : हैलेना का ड्राइंग रूम, जैसा पहले था। कमरे में बाईं तरफ़ हैलेना पियानो बजा रही है। दोमेन का प्रवेश। डॉ. गाल खिड़की से बाहर देख रहे हैं और अलकुइस्ट अलग कोने में आरामकुर्सी पर बैठा है। उसने अपना चेहरा हाथों से ढक रखा है।]

डॉ. गाल : ईश्वर बचाए...पता नहीं कितने होंगे?

दोमेन : कौन—रोबोट?

डॉ. गाल : हाँ। वे बाग़ की रेलिंग के इर्द-गिर्द दीवार की तरह खड़े हैं। पता नहीं, वे इतने चुप क्यों हैं? इस तरह ख़ामोशी से घिर जाना भयानक लगता है।

दोमेन : आख़िर वे किस चीज़ का इन्तज़ार कर रहे हैं? गाल, मुझे लगता है, वे अपनी कार्यवाही जल्द शुरू करने वाले हैं।

अगर वे सब रेलिंग पर झुक जाएँ, तो वह माचिस की तीली की तरह टूट जाएगी।

डॉ. गाल : उहूँ...वे शस्त्रों से लैस नहीं हैं।

दोमेन : हम पाँच मिनट भी उनके सामने नहीं ठहर सकेंगे। मेरे दोस्त, वे आँधी की तरह हम पर टूट पड़ेंगे। वे एकदम धावा क्यों नहीं बोल देते? मैं कहता हूँ...।

डॉ. गाल : क्या?

दोमेन : मैं जानना चाहता हूँ, पाँच मिनट में हमारी क्या हालत होगी? उन्होंने हमें अपने शिकंजे में कस लिया है। गाल, हमारे लिए अब कोई चारा नहीं।

अलकुइस्ट : मदाम हैलेना क्या बजा रही हैं?

दोमेन : पता नहीं। वह किसी नये संगीत का अभ्यास कर रही हैं।

अलकुइस्ट : अभ्यास कर रही हैं—इस समय? *(चुप्पी)*

डॉ. गाल : दोमेन, मुझे लगता है, हमने एक बहुत बड़ी ग़लती कर डाली है।

दोमेन : *(ठहरते हुए)* कैसी ग़लती?

डॉ. गाल : हमने रोबोटों के चेहरे बहुत ज़्यादा एक-दूसरे से मिलते-जुलते बना डाले। बिलकुल एक जैसे एक लाख चेहरे, हमारी तरफ़ मुड़े हुए। एक लाख भावहीन बुलबुले—जैसे हम कोई भयानक स्वप्न देख रहे हों।

दोमेन : अगर वे एक-दूसरे से भिन्न होते तो...?

डॉ. गाल : तब इतना भयानक नज़ारा देखने को नहीं मिलता *(खिड़की से मुड़ते हुए)* लेकिन अब भी उनके पास हथियार नहीं हैं।

दोमेन : उहूँ *(टेलीस्कोप से बन्दरगाह की ओर देखते हुए)* पता नहीं, वे अमेलिया से कौन-सा सामान उतार रहे हैं?

डॉ. गाल : गोला-बारूद नहीं है—यही उम्मीद कर सकता हूँ।

[फाबरी पीछे के दरवाज़े से भीतर प्रवेश करता है। वह अपने पीछे दो बिजली के तार घसीटता हुआ ला रहा है]

फाबरी : माफ़ कीजिए। हेलमैन, तार को नीचे छोड़ दो।

हेलमैन : *(फाबरी के पीछे आता हुआ)* ओह...यह भी कोई काम था! क्या ख़बर है?

डॉ. गाल : कुछ नहीं। हम चारों तरफ़ से घिर गए हैं।

हेलमैन : दोस्तो, हमने सड़क और सीढ़ियों पर बैरिकेड खड़े कर दिये हैं। यहाँ पानी नहीं है? ओह—यह रहा! *(पीता है)*

डॉ. गाल : तार का क्या हुआ, फाबरी?

फाबरी : आधा सेकंड...यहाँ कोई कैंची है?

डॉ. गाल : कहाँ हो सकती है। *(ढूँढ़ता है)*

हेलमैन : *(खिड़की की ओर जाते हुए)* हे भगवान, कैसा जमघट लगा है! ज़रा देखो तो!

डॉ. गाल : जेबी कैंची से काम चल जाएगा...क्यों?

फाबरी : इधर दो। *(लिखने की मेज़ पर जो बिजली का लैम्प रखा है, उसका कनेक्शन काटकर उसमें तार जोड़ देता है)*

हेलमैन : *(खिड़की के पास खड़े होकर)* दोमेन, मुझे उनका हाव-भाव अच्छा नहीं लगता। लगता है, जैसे हर जगह मौत की छाया फैली है!

फाबरी : तैयार!

डॉ. गाल : क्या?

फाबरी : बिजली का करंट। अब हम बाग़ की रेलिंग में करंट लगा सकते हैं। छूते ही उन्हें पता चल जाएगा। यों ही हमारे कुछ लोग वहाँ हैं।

डॉ. गाल : कहाँ?

फाबरी : बिजली के कारख़ाने में—जनाब! कम-से-कम उम्मीद यही है। *(मेंटलपीस के पास जाता है और वहाँ एक छोटा-सा लैम्प जला देता है)* ईश्वर भला करे—वे लोग वहाँ हैं और काम कर रहे हैं *(लैम्प बुझा देता है)* जब तक यह जलता रहेगा, तब तक फ़िक्र की कोई बात नहीं।

हेलमैन : *(खिड़की से मुड़ता हुआ)* ये बैरिकेड भी ठीक हैं, फाबरी।

फाबरी : उहूँ—तुम्हारे बैरिकेड। उनके कारण मेरे हाथों में छाले पड़ गए हैं।

हेलमैन : जो भी हो, हमें अपनी रक्षा करनी ही है।

दोमेन : *(टेलीस्कोप को नीचे रखते हुए)* बर्मान कहाँ गया?

फाबरी : वह मैनेजर के दफ़्तर में है...किसी हिसाब-किताब में उलझा है।

दोमेन : मैंने उसे बुलाया था। हमें मीटिंग करनी चाहिए। *(कमरे में चहलक़दमी करता है)*

हेलमैन : ठीक है...करते रहो। मैं पूछता हूँ, आख़िर मदाम हैलेना क्या बजा रही हैं? *(बाएँ दरवाज़े के पास जाकर सुनता है)*

[मुख्य द्वार से बर्मान एक बड़ा-सा बहीखाता लेकर आता है। उसके पाँव तार से टकराते हैं]

फाबरी : बर्मान, ज़रा तारों को देखकर!

डॉ. गाल : अरे...यह क्या उठाए ला रहे हो?

बर्मान : *(किताबों को मेज़ पर रखते हुए)* दोस्त, यही बहीखाते की पोथियाँ हैं। मैं सारा हिसाब-किताब पहले से ही—इस बार मैं नये साल के आने तक का इन्तज़ार नहीं करूँगा। हो क्या रहा है? *(खिड़की के पास जाता है)* बाहर इतनी चुप्पी क्यों है?

डॉ. गाल : क्यों, क्या कुछ दिखाई नहीं देता?

बर्मान : नहीं, सिर्फ़ एक बड़ी नीली सतह का विस्तार।

डॉ. गाल : वे रोबोट हैं।

बर्मान : अच्छा, सच? दुर्भाग्यवश मैं उन्हें नहीं देख सकता। *(मेज़ के सामने बहीखाता खोलकर बैठ जाता है)*

दोमेन : यह सब छोड़ो बर्मान। रोबोट अमेलिया जहाज़ से अग्निशस्त्र उतार रहे हैं।

बर्मान : होगा क्या? मैं उन्हें कैसे रोक सकता हूँ?

दोमेन : नहीं, हम उन्हें नहीं रोक सकते।

बर्मान : अच्छा, मुझे अपना हिसाब-किताब का काम करने दो। *(अपना काम जारी रखता है)*

फाबरी : दोमेन, यही सब कुछ नहीं है। हमने बाहर सौ वोल्ट का करंट रेलिंग में लगा रखा है और...।

दोमेन : ज़रा ठहरो, अल्तिमा जहाज़ की बन्दूकें हम पर उठी हैं।

डॉ. गाल : यह किसने किया?

दोमेन : जहाज़ के रोबोटों ने।

फाबरी : तब तो दोस्तो, हमारा काम तमाम हो गया। रोबोट बड़े मँजे सैनिक हैं।

डॉ. गाल : तब तो हम...।

दोमेन : हाँ, अब कुछ नहीं किया जा सकता।

[मौन]

डॉ. गाल : यूरोप ने यह बड़ा अपराध किया कि रोबोटों को लड़ना सिखाया। भाड़ में जाएँ! क्या हमें उनकी राजनीति के जंजाल से छुट्टी नहीं मिल सकती? उन्हें सैनिक बनाना सबसे बड़ा अपराध था।

अलकुइस्ट : रोबोटों का निर्माण करना ही अपराध था।

दोमेन : क्या?

अलकुइस्ट : रोबोटों का निर्माण करना ही अपराध था।

दोमेन : नहीं अलकुइस्ट, मुझे इसका कोई अफ़सोस नहीं। आज भी नहीं।

अलकुइस्ट : आज भी नहीं?

दोमेन : नहीं, आज भी, सभ्यता के अन्तिम दिन भी नहीं। एक बहुत बड़ा एडवेंचर था।

बर्मान : *(दबे स्वर में)* छत्तीस करोड़।

दोमेन : *(बोझिल स्वर में)* अलकुइस्ट, हमारी अन्तिम घड़ी आ चुकी है। हमारा एक पाँव क़ब्र में लटका है। अलकुइस्ट, यह कोई बुरा स्वप्न नहीं था कि आदमी को उसके श्रम की गुलामी से छुटकारा दिलाया जा सके। ऐसा श्रम, जो इनसान के लिए सबसे भयानक और शर्मनाक रहा है। गन्दा, नीरस और घातक काम। आह, अलकुइस्ट! यह काम बहुत जटिल था। ज़िन्दगी बहुत जटिल थी और उससे छुटकारा पाने के लिए ही...।

अलकुइस्ट : लेकिन रोसुम पिता-पुत्रों का यह स्वप्न नहीं था। बूढ़ा रोसुम अपने विधर्मी कृत्यों में ही उलझा रहता था और उसका लड़का करोड़ों के स्वप्न देखा करता था; किन्तु आपकी आर. यू. आर. कम्पनी के भागीदारों का स्वप्न दोनों से भिन्न रहा है। वे मुनाफ़े का स्वप्न देखते हैं और उनके मुनाफ़े से ही मानव-जाति का विनाश होगा।

दोमेन : *(झुँझलाए स्वर में)* मुनाफ़ा जाए भाड़ में! क्या तुम सोचते हो कि मैं उनके लिए ज़रा-सा भी काम करना पसन्द करूँगा? *(मेज़ पर हाथ पटकते हुए)* मैंने हमेशा अपने लिए काम किया है, सुनते हो, अपने निजी सन्तोष के लिए। मैं चाहता था कि आदमी का ही प्रभुत्व क़ायम हो ताकि वह महज़ रोटी के टुकड़े के लिए ही ज़िन्दा न रहे। मैं चाहता हूँ कि दूसरे लोगों की मशीनें किसी की आत्मा को नष्ट न कर सकें।

मैं मौजूदा सड़ी-गली सामाजिक व्यवस्था को बिलकुल ख़त्म कर देना चाहता था। आह! मुझे लोगों की दु:ख-दरिद्रता को देखकर कितनी घिन आती है! मैं ग़रीबी को सहन नहीं कर सकता। मैं एक नई पीढ़ी का निर्माण करना चाहता था। मैं चाहता था...मैं सोचता था...।

अलकुइस्ट : क्या?

दोमेन : *(अधिक कोमल स्वर में)* मैं समूची मानव-जाति को अभिजात तंत्र में बदलना चाहता था—एक ऐसा अभिजात तंत्र, जिसका पोषण लाखों मशीनी ग़ुलाम करते हों। फिर ऐसे आदमी का उदय होता जो निर्बन्ध, मुक्त और पूर्ण होता। काश, हमें सौ साल मिले होते—मानव-जाति के भविष्य के लिए सौ साल!

बर्मान : *(दबे स्वर में)* अगले खाते के लिए सैंतीस करोड़—यह हुई बात।

[मौन]

हेलमैन : *(बाएँ दरवाज़े से प्रवेश करते हुए)* वाह, संगीत कितनी बढ़िया चीज़ है! आपको सुनना चाहिए था। आत्मा जैसे पवित्र हो जाए, स्वच्छ हो जाए...।

फाबरी : क्या?

हेलमैन : यह घातक-सी बेहोशी...यार, छोड़ो, मैं तो पक्का सुखवादी बनता जा रहा हूँ। हमें पहले से ही रास्ता पकड़ना चाहिए था। *(खिड़की के पास जाकर बाहर देखता है।)*

फाबरी : कौन-सा रास्ता?

हेलमैन : आमोद-प्रमोद! ख़ूबसूरत चीज़ें! ज़रा सोचो, दुनिया में कितनी ख़ूबसूरत चीज़ें हैं! हमारी यह दुनिया कितनी ख़ूबसूरत थी और हम—यहाँ हमने—मुझे बताओ—हमने कौन-सा सुख भोगा?

बर्मान : *(दबे स्वर में)* पैंतालीस करोड़ और बीस लाख—वाह, ख़ूब!

हेलमैन : *(खिड़की के पास)* ज़िन्दगी बहुत बड़ी नियामत थी। साथियो, ज़िन्दगी! फाबरी, ईश्वर के लिए—अपनी उस रेलिंग में थोड़ा-सा करंट फेंको।

फाबरी : क्यों?

हेलमैन : वे उस पर झपट रहे हैं।

डॉ. गाल : *(खिड़की के पास)* उसे जोड़ दो।

[फाबरी स्विच से छेड़छाड़ करता है]

हेलमैन : अरे, वे तो दोहरे हो गए! दो, तीन, चार, मर गए।

डॉ. गाल : वे पीछे हट रहे हैं।

हेलमैन : पाँच मारे गए।

डॉ. गाल : *(खिड़की से हटते हुए)* पहली मुठभेड़।

हेलमैन : *(प्रसन्न मुद्रा में)* वाह, दोस्त, वे तो चिप्पियों की तरह जल गए—सचमुच, बिलकुल चिप्पियों की तरह! हा, हा। उनसे डरने की कोई ज़रूरत नहीं। *(बैठ जाता है)*

दोमेन : *(अपना माथा पोंछते हुए)* शायद हम सौ बरस पहले ही मारे जा चुके थे और अब हम सिर्फ़ प्रेत हैं। शायद एक लम्बी मुद्दत पहले ही मारे जा चुके थे और अब सिर्फ़ उन चीज़ों को दोहराने के लिए हम लौट रहे हैं जिन्हें हमने कभी नहीं कहा था—अपनी मृत्यु से पहले। ऐसा लगता है, जैसे यह सब मैं पहले कभी भोग चुका हूँ! जैसे मुझे यहाँ गले में पहले से कोई घातक ज़ख़्म हुआ था! और तुम्हें फाबरी...।

फाबरी : मुझे क्या?

दोमेन : तुम्हें गोली से मारा गया था।

हेलमैन : धत्तेरे की! और मुझे?

दोमेन : तुम्हें चाक़ू से मारा गया था।

डॉ. गाल : और मुझे, कुछ नहीं?

दोमेन : तुम्हारी बोटी-बोटी काट डाली गई थी।

[मौन]

हेलमैन : क्या बकवास है! हा, हा, मुझे मार डाला गया था! मैं इतनी आसानी से हार नहीं मानूँगा।

[मौन]

हेलमैन : मूर्खो, तुम सब इतने चुप क्यों हो? कुछ बोलते क्यों नहीं?

अलकुइस्ट : लेकिन किस पर इसका दोष थोपा जाए? यह अपराध किसका है?

हेलमैन : क्या बेकार की बातें करते हो? किसी का कोई अपराध नहीं, सिवाय रोबोटों के। रोबोटों में कुछ परिवर्तन हुआ था। उसकी ज़िम्मेदारी किस पर डाल सकते हो?

अलकुइस्ट : सब मौत के घाट उतार दिये जाएँगे। सारी मानव-जाति, सारी दुनिया। *(खड़े होकर)* देखो, ज़रा देखो, सब घरों से ख़ून की नदियाँ बह रही हैं। हे भगवान, हे भगवान, यह किसका दोष है?

बर्मान : *(दबे स्वर में)* बावन करोड़..., वाह, वाह, आधे अरब से भी ज़्यादा!

फाबरी : मुझे लगता है कि...कि तुम बात को बढ़ा-चढ़ा रहे हो। सारी मानव-जाति को मारना आसान नहीं है।

अलकुइस्ट : मैं विज्ञान को दोष देता हूँ। मैं इंजीनियरी को दोष देता हूँ। दोमेन, मैं, ख़ुद—हम सब दोषी हैं। हमने अपनी महत्त्वाकांक्षा के लिए, अपने मुनाफ़े के लिए, प्रगति के लिए...।

हेलमैन : क्या बकवास बोलते हो? आदमी इतनी आसानी से हार नहीं मानेंगे। हा, हा, हा! देखो, अब आगे क्या होता है।

अलकुइस्ट : यह हमारा दोष है, हमारा दोष।

डॉ. गाल : *(अपने माथे से पसीना पोंछते हुए)* दोस्तो, मुझे अपनी कहने दो, यह सारा दोष मेरा है। जो कुछ भी हुआ है, उसकी सारी ज़िम्मेदारी मुझ पर है।

फाबरी : तुम, गाल!

डॉ. गाल : हाँ, मुझे बोलने दो। मैं ही रोबोटों में परिवर्तन लाया था।

बर्मान : *(खड़े होकर)* क्या कहा? तुम्हें हो क्या गया है?

डॉ. गाल : मैंने रोबोटों का स्वभाव बदल दिया। मैंने उन्हें बनाने की विधि बदल दी। बस, सिर्फ़ उनकी शरीर रचना में इधर-उधर कुछ हेर-फेर कर दिया। विशेष कर...विशेष कर उनकी... उनकी उत्तेजनशीलता में।

हेलमैन : *(उछलते हुए)* क्यों? उसमें क्यों?

बर्मान : तुमने ऐसा क्यों किया?

फाबरी : तुमने हमसे कभी कुछ कहा क्यों नहीं?

डॉ. गाल : मैंने अपने-आप—गुप्त रूप से यह सब कुछ किया था। मैं उन्हें आदमियों में बदल रहा था। मैंने उनमें थोड़ी-सी तब्दीली कर दी। वे पहले से ही कुछ बातों में बढ़े-चढ़े हैं। वे हमसे अधिक शक्तिशाली हैं।

फाबरी : लेकिन इसका रोबोटों के विद्रोह से क्या लेना-देना?

डॉ. गाल : वाह, बहुत कुछ। मेरी राय में सब कुछ। वे अब मशीन नहीं रह गए। वे जानते हैं कि वे हमसे बढ़कर हैं और वे हमसे घृणा करते हैं। वे सारी मानवीय चीज़ों से घृणा करते हैं।

दोमेन : आप सब बैठ जाइए। *(गाल के सिवाय सब बैठ जाते हैं)* शायद हमें बहुत पहले ही मार दिया गया था। शायद हम सिर्फ़ छायाएँ हैं। आह, आप कितने नीले पड़ गए हैं!

फाबरी : हैरी, अब बन्द भी करो। हमारे पास अब ज़्यादा समय नहीं है।

दोमेन : हाँ, अब हमें लौटना चाहिए। फाबरी, फाबरी, तुम्हारे माथे के जख़्म से कितना ख़ून बह रहा है!

फाबरी : बकवास! *(खड़ा हो जाता है)* डॉ. गाल, तुमने रोबोटों की रचनाविधि में परिवर्तन कर दिया।

डॉ. गाल : हाँ।

फाबरी : क्या तुम्हें मालूम था कि तुम्हारे इस प्रयोग से क्या परिणाम निकलेंगे?

डॉ. गाल : हाँ, बेशक। मैं उसकी सम्भावना से अवगत था।

फाबरी : फिर तुमने ऐसा क्यों किया?

डॉ. गाल : अपने निजी कारणों से। यह मेरा अपना प्रयोग था।

[हैलेना बाएँ दरवाज़े से प्रवेश करती है। सब खड़े हो जाते हैं]

हैलेना : ये झूठ बोले रहे हैं। बिलकुल झूठ बोल रहे हैं। ओ, डॉ. गाल। आप इस तरह का सरासर झूठ कैसे बोल सकते हैं?

फाबरी : माफ़ करिए मदाम हैलेना।

दोमेन : *(उसके पास जाते हुए)* हैलेना, तुम? ज़रा देखूँ तो; तुम अभी जीवित हो! *(उसे अपनी बाँहों में भर लेता है)* तुम नहीं जानतीं, मैं क्या-क्या सोच रहा था। मरना भयानक चीज़ है!

हैलेना : हैरी, चुप रहो।

दोमेन : *(उसको कसते हुए)* नहीं, नहीं, मुझे चूमो। लगता है, जैसे तुम्हें देखे एक युग बीत गया। तुमने मुझे कैसे अजीब स्वप्न से जगा दिया। हैलेना, हैलेना, अब मुझे छोड़कर मत जाना। तुम मेरी ज़िन्दगी हो।

हैलेना : हैरी, लेकिन वे यहाँ आ पहुँचे हैं?

दोमेन : *(उसे अलग करते हुए)* हाँ, मेरे दोस्तो, अब तुम सब जा सकते हो।

हैलेना : नहीं, हैरी! उन्हें यहाँ रहने दो। उन्हें सुनने दो। डॉ. गाल दोषी नहीं—नहीं हैं।

दोमेन : माफ़ करो! गाल की कुछ ख़ास ज़िम्मेवारियाँ थीं।

हैलेना : नहीं, हैरी! उन्होंने जो किया, मेरी इच्छा से किया। गाल, इन्हें बता दो, कितने वर्ष पहले मैंने तुमसे कहा था...?

डॉ. गाल : मैंने यह काम अपनी ज़िम्मेवारी पर किया है।

हैलेना : हैरी, इनका विश्वास मत करो। मैंने ही इन्हें रोबोटों के लिए आत्मा बनाने के लिए कहा था।

दोमेन : हैलेना, इस सवाल का आत्मा से कोई सम्बन्ध नहीं है?

हैलेना : मुझे बोलने तो दो, यही बात उन्होंने भी कही थी। उन्होंने कहा था कि वे केवल क्रिया शारीरिक...सिर्फ़ क्रिया शारीरिक...।

दोमेन : क्रिया, शारीरिक सह-सम्बन्ध—क्यों, यही न?

हैलेना : हाँ, कुछ ऐसा ही। मेरे लिए इस बात का बड़ा महत्त्व था कि वे...कि वे ऐसा कर सकें।

दोमेन : तुम ऐसा क्यों चाहती थीं?

हैलेना : मैं चाहती थी किं उनमें आत्मा हो। हैरी, मुझे उन पर बहुत दया आती थी।

दोमेन : हैलेना, यह तुम्हारी बहुत बड़ी नासमझी थी।

हैलेना : *(बैठते हुए)* अच्छा तो, नासमझी थी।

फाबरी : माफ़ कीजिए मदाम हैलेना, दोमेन का मतलब सिर्फ़ यह था कि आप...कि वह...कि आपने यह नहीं सोचा था...।

हैलेना : फाबरी, मैंने बहुत-सी चीज़ों के बारे में सोचा था। पिछले पाँच बरसों में आपके बीच रहते हुए मैं बराबर सोचती रही। और तो और, एमा भी यह कहती है कि रोबोट...।

दोमेन : एमा को इसमें मत खींचो।

हैलेना : एमा जनता की आवाज़ है। तुम नहीं [illegible]झते कि...।

दोमेन : जो बात है, सो कहो।

हैलेना : मैं रोबोटों से डरती थी।

दोमेन : क्यों?

हैलेना : क्योंकि मुझे लगता था कि वह हमसे नफ़रत करेंगे या कुछ ऐसा ही।

अलकुइस्ट : हाँ, ऐसा तो उन्होंने किया ही।

हैलेना : और फिर मैं सोचती थी—अगर वे हमारे जैसे ही हो जाएँ तो शायद वे हमें थोड़ा-बहुत समझने लगेंगे—अगर वे ज़रा-सा भी मानवीय बन जाएँ—तब वे हमसे इतनी नफ़रत नहीं करेंगे।

दोमेन : यही तो अफ़सोस है हैलेना, आदमी से सबसे ज़्यादा नफ़रत आदमी ही कर सकता है, और कोई नहीं। पत्थरों को आदमियों में बदल दो और वे हम पर पत्थर मारेंगे। लेकिन तुम अपनी बात कहो।

हैलेना : ओह, हैरी, ऐसा मत कहो। सबसे भयानक बात यह थी कि हम कभी उन्हें अच्छी तरह नहीं समझ सके। हमारे और उनके बीच एक कठोर-सा अजनबीपन सिमट आया था। और अब तुम देखते ही हो...।

दोमेन : हाँ, हाँ, आगे कहो।

हैलेना : यही कारण था कि मैंने गाल से रोबोटों को बदलने के लिए कहा था। मैं सौगन्ध खा के कहती हूँ कि वह ख़ुद ऐसा नहीं करना चाहते थे।

दोमेन : लेकिन उन्होंने किया तो।

हैलेना : क्योंकि मैं चाहती थी।

डॉ. गाल : मैंने अपने लिए किया था, प्रयोग करने के लिए।

हैलेना : ओ गाल, यह सच नहीं है। मैं पहले से ही जानती थी कि तुम मेरी बात को अस्वीकार नहीं करोगे।

दोमेन : क्यों?

हैलेना : हैरी, तुम जानते हो।

दोमेन : क्योंकि वह तुमसे प्रेम करता है—उन सबकी तरह।

[मौन]

हेलमैन : *(खिड़की की ओर जाते हुए)* वे फिर इस तरफ़ उमड़े आ रहे हैं। लगता है, जैसे एक के बाद एक ज़मीन के भीतर से ऊपर आ रहे हों! अचरज नहीं, अगर कुछ देर में ये दीवारें भी रोबोटों में बदल जाएँ।

बर्मान : मदाम हैलेना, आप मुझे क्या देंगी अगर मैं आपके लिए वकालत करूँ?

हैलेना : मेरे लिए?

बर्मान : आपके लिए या गाल के लिए, जैसा आप चाहें।

हैलेना : क्या मतलब? क्या इस अपराध के लिए किसी को सूली पर चढ़ाया जाएगा?

बर्मान : सिर्फ़ नैतिक रूप से, मदाम हैलेना। हम अपराधी को ढूँढ़ रहे हैं। दुर्भाग्य की घड़ी में यह बात सबसे ज़्यादा तसल्ली देती है।

दोमेन : डॉ. गाल, आपने जो ये विशेष काम किये हैं, उनका अधिकाधिक इकरारनामे से क्या सम्बन्ध है?

बर्मान : दोमेन, ज़रा ठहरो। गाल, तुमने कब से ये कारनामे करने शुरू किये?

डॉ. गाल : तीन साल पहले।

बर्मान : अच्छा! कुल कितने रोबोटों पर तुमने अपने ये सुधार किये थे?

डॉ. गाल : मैंने सिर्फ़ प्रयोग किये थे। तीन-चार सौ रोबोटों पर।

बर्मान : शुक्रिया! बस, यही पूछना था। इसका मतलब है कि दस लाख पुराने रोबोटों के अनुपात में गाल का एक सुधरा हुआ नमूना—यही बात है न?

दोमेन : और इसका मतलब है कि—व्यावहारिक रूप से इसका कोई मतलब नहीं।

फाबरी : बर्मान ठीक कहता है।

बर्मान : ठीक तो कहता ही हूँ दोस्त, लेकिन जानते हो, इस गड़बड़ी के लिए किसे दोष दिया जाए?

फाबरी : किसे?

बर्मान : संख्या को। हमने बहुत अधिक संख्या में रोबोट बना डाले। क़सम ख़ुदा की—यह तो हमें सोच ही लेना चाहिए था कि कोई ऐसा दिन भी आएगा कि रोबोट मनुष्यों से कहीं अधिक शक्तिशाली हो जाएँगे। ऐसा होना ही था और ऐसा होना अनिवार्य था। हा-हा, और हम सब जी तोड़कर ज़ल्द-से-जल्द ऐसी हालात को पास लाने की कोशिश कर रहे थे। दोमेन तुम, फाबरी तुम और बर्मान मैं।

दोमेन : तुम्हारे ख़याल से यह हमारा दोष है?

बर्मान : हमारा दोष? बिलकुल नहीं। मैं सिर्फ़ मज़ाक़ कर रहा था। तुम सोचते हो कि उत्पादन को नियंत्रित करना मैनेजर के हाथ में है? असल में माँग उत्पादन को नियंत्रित करती है। सारी दुनिया अपने रोबोट चाहती थी। हम सिर्फ़ बढ़ती हुई माँग की आँधी में बहते रहे और इस दौरान हम बराबर इंजीनियरिंग, सामाजिक समस्या, प्रगति और बहुत-सी दूसरी दिलचस्प चीज़ों के बारे में बहस करते रहे। हम इस मुग़ालते में रहे कि इस तरह की बहसों से हम सीधे रास्ते पर चलते जाएँगे। लेकिन इस दौरान हर चीज़ अपने बोझ तले बराबर लुढ़कती जा रही थी—तेज़ और तेज़ और तेज़ रफ़्तार में। हर तरह के छोटे-मोटे दो कौड़ी के ऑर्डर इस आँधी को और भी तेज़ करने में अपना योगदान देते रहे। यह है सौ बातों की एक बात, मेरे दोस्तो!

हैलेना : बर्मान, यह भयानक बात है।

बर्मान : हाँ, मदाम हैलेना, है तो सही। मेरा भी अपना एक स्वप्न था—एक ऐसा स्वप्न, जिसमें दुनिया एक नई व्यवस्था के नीचे क़ायम होगी। मदाम हैलेना, एक बहुत ख़ूबसूरत आदर्श था, उसके बारे में कुछ कहते हुए भी शर्म आती है। लेकिन जब मैं इन आँकड़ों की फ़ेहरिस्त बना रहा था, मुझे लगा कि महान स्वप्नों से इतिहास नहीं बनता। इतिहास बनता है स्वार्थी, किंचित् ढोंगी और ईमानदार लोगों की क्षुद्र ज़रूरतों से। यानी हर साधारण आदमी के द्वारा।

हैलेना : क्या इसी वजह से हम सब तबाह हो जाएँगे?

बर्मान : मदाम हैलेना, यह बुरा शब्द है। हम तबाह होना नहीं चाहते, कम-से-कम मैं तो नहीं।

दोमेन : तुम क्या करना चाहते हो?

बर्मान : दोमेन, यार, मैं इन सबसे बाहर हो जाना चाहता हूँ—बस, और कुछ नहीं।

दोमेन : ओ, बकवास मत कर।

बर्मान : सच हैरी, मेरे ख़याल में हमें कोशिश करनी चाहिए।

दोमेन : *(उसके पास जाकर रुकते हुए)* कैसे?

बर्मान : नेक ढंग से। मैं हर चीज़ नेक ढंग से करता हूँ। तुम मुझे खुली छूट दे दो, मैं रोबोटों से बातचीत करने जाता हूँ।

दोमेन : नेक ढंग से।

बर्मान : बेशक। मिसाल के तौर पर मैं उनसे कहूँगा, 'आदरणीय और पूजनीय रोबोटो, आपके पास सब कुछ है। आपके पास बुद्धि, शक्ति और अस्त्र-शस्त्र हैं। हमारे पास सिर्फ़ एक दिलचस्प, पुराना, ज़र्द और गन्दा काग़ज़ का टुकड़ा है...'

दोमेन : रोसुम का दस्तावेज़।

बर्मान : हाँ, और फिर मैं उनसे कहूँगा कि 'उस दस्तावेज़ में आपकी गौरवपूर्ण उत्पत्ति और निर्माण-क्रिया का ब्योरा लिखा है। आदरणीय रोबोटो, उस काग़ज़ के लेखे की मदद के बिना आप अपना एक भी नया साथी पैदा नहीं कर सकते। अगले बीस वर्षों में एक भी रोबोट का जीता-जागता नमूना नहीं बचा रहेगा जिसे हम चिड़ियाघर में प्रदर्शित कर सकेंगे। मेरे सम्मानित दोस्तो, इससे आपको गहरा धक्का लगेगा, लेकिन...' मैं उनसे यह भी कहूँगा, 'अगर आप रोसुम द्वीप पर रहने वाले आदमियों को जहाज़ पर जाने देते हैं, तब हम सारा कारख़ाना और रोबोटों के निर्माण का गुप्त दस्तावेज़ आपको दे देंगे। आप हमें जाने की छूट दे दीजिए और हम बदले में आपको यह सुविधा दे देंगे जिससे आप जितना चाहे, अपना निर्माण कर सकते हैं। बीस हज़ार, पचास हज़ार, एक लाख रोबोट रोज़ बना सकते हैं। आदरणीय रोबोटो, यह साफ़ और खरा समझौता है—इस हाथ ले, उस हाथ दे।' यही मैं उनसे कहूँगा।

दोमेन : बर्मान, क्या तुम सोचते हो कि हमें वह गुप्त दस्तावेज़ दे देना चाहिए?

बर्मान : हाँ, मैं सोचता हूँ। अगर मैत्रीपूर्ण ढंग से समझौता नहीं होता तो हमारे सामने दो रास्ते हैं : हमें या तो उसे बेच देना होगा या वह ख़ुद उसे खोज निकालेंगे। तुम्हें कोई-न-कोई फ़ैसला करना ही होगा।

दोमेन : बर्मान, हम रोसुम के दस्तावेज़ को नष्ट कर सकते हैं।

बर्मान : बेशक कर सकते हैं। हम सब कुछ कर सकते हैं, सिर्फ़ दस्तावेज़ ही नहीं; किन्तु अपने को भी—और दूसरे को भी। जैसा ठीक समझो, वैसा करो।

हेलमैन : *(खिड़की से मुड़ते हुए)* क़सम ख़ुदा की—वह ठीक कहता है।

दोमेन : क्या हमें...हमें वह गुप्त दस्तावेज़ बेच देना चाहिए।

बर्मान : जैसे तुम्हारी मर्ज़ी।

दोमेन : यहाँ हम तीस से ज़्यादा लोग हैं। हम उसे बेचकर मनुष्य की आत्मा को बचा सकते हैं या उसे नष्ट कर दें और... और उसके साथ अपने को भी।

हैलेना : हैरी, मेहरबानी करके...।

दोमेन : ज़रा ठहरो हैलेना। यह एक बहुत ही महत्त्वपूर्ण प्रश्न है। दोस्तो, हमें उसे बेच देना चाहिए या नष्ट कर देना चाहिए।

फाबरी : बेच दो।

दोमेन : गाल?

डॉ. गाल : बेच दो।

दोमेन : हेलमैन?

हेलमैन : अरे पूछते क्या हो, बेशक बेच दो।

दोमेन : अलकुइस्ट?

अलकुइस्ट : ईश्वर की जैसी इच्छा।

बर्मान : हा-हा, तुम पागल हो! सारा दस्तावेज़ कौन बेचने चला है?

दोमेन : बर्मान, इसमें धोखाधड़ी नहीं चलेगी।

बर्मान : फिर क्या पूछते हो, ईश्वर के लिए जो कुछ है, बेच दो। लेकिन बाद में...!

दोमेन : बाद में क्या?

बर्मान : जब हम अल्तिमा पर चढ़ जाएँगे, मैं कानों में रुई के फाहे ठँस लूँगा। कहीं कोने में लेट जाऊँगा और फिर तुम सारे कारख़ाने को उड़ा सकते हो और उसके साथ रोसुम का भेद भी नष्ट हो जाएगा।

फाबरी : नहीं।

दोमेन : बर्मान, यह चार सौ बीसी नहीं चलेगी। अगर हम उसे बेचते हैं तो सीधे, साफ़ ढंग से।

बर्मान : *(उछलते हुए)* नहीं, नहीं, यह मानव-हितों में है कि...

दोमेन : यह मानव-हितों में है कि हम वचन का पालन करें।

हेलमैन : यार, क्या ख़ुराफ़ात बकते हो!

दोमेन : दोस्तो, यह फ़ैसला काफ़ी भयानक होगा। हम मानव-जाति की नियति को बेच रहे हैं। जो कोई भी इस भेद को पा लेगा, वही दुनिया का स्वामी हो जाएगा।

फाबरी : बेच दो।

दोमेन : मानव-जाति कभी भी रोबोटों का सामना नहीं कर सकेगी। कभी उन पर अपना नियंत्रण क़ायम नहीं कर सकेगी। इन भयानक जीवित मशीनों की बाढ़ में मनुष्य के पाँव उखड़ जाएँगे। वह उनका ग़ुलाम हो जाएगा, महज़ उनकी दया पर जीवित रह सकेगा।

डॉ. गाल : और कुछ कहने की ज़रूरत नहीं, बेच दो।

दोमेन : मानव-इतिहास का अन्त, सभ्यता का अन्त...।

हेलमैन : सब भाड़ में जाए, बेच दो।

दोमेन : साथियो, ठीक है, मैं ख़ुद...मैं ख़ुद एक क्षण भी नहीं झिझकूँगा। उन चन्द लोगों के लिए जो मुझे प्रिय हैं...।

हैलेना : हैरी, तुमने मुझसे तो पूछा ही नहीं।

दोमेन : नहीं, मेरी बच्ची, जानती हो, तुम्हें इतनी बड़ी ज़िम्मेदारी झेलने की कोई ज़रूरत नहीं, तुम कोई फ़िक्र नहीं करो।

फाबरी : उनसे बातचीत करने कौन जाएगा?

दोमेन : ज़रा ठहरो, दस्तावेज़ तो ले आऊँ।

[बाएँ दरवाज़े से जाता है]

हैलेना : हैरी, ईश्वर के लिए मत जाओ।

[मौन]

फाबरी : *(खिड़की से बाहर देखते हुए)* ओह, तुमसे बचने के लिए। सहस्त्रमुखी मृत्यु, जड़ पदार्थ का विद्रोह, तुमसे बचने के लिए। दुनिया के नये शासकों की जनखा भीड़...ओह, यह बढ़ती हुई बाढ़! काश, हम अपनी इस नौका पर एक बार फिर मानवीय जीवन को क़ायम रख सकें!

डॉ. गाल : मदाम हैलेना, डरिए मत। हम यहाँ से कहीं दूर चले जाएँगे और एक आदर्श मानवीय बस्ती की स्थापना करेंगे। हम ज़िन्दगी को एक नये सिरे से शुरू करेंगे...।

हैलेना : नहीं, डॉ. गाल, नहीं। कुछ मत कहो।

फाबरी : *(मुड़ते हुए)* मदाम हैलेना! ज़िन्दगी ख़ुद अपनी फ़िक्र कर लेगी। और जहाँ तक हमारा प्रश्न है, हम उसे...उसे एक ऐसी चीज़ में बदल देंगे, जिसकी आज तक हम उपेक्षा करते आए हैं। अभी उसके लिए समय है। एक नौका के साथ एक छोटा-सा राज्य। अलकुइस्ट...अलकुइस्ट हमारे लिए एक घर बनाएगा और आप...और आप...हम पर शासन करेंगी।

हेलमैन : हा, हा, मदाम हैलेना का राज्य! फाबरी, यह अद्‌भुत विचार है। ज़िन्दगी कितनी शानदार है!

हैलेना : ओह, मेहरबानी करके चुप रहो।

बर्मान : ओह, मुझे नये सिरे से ज़िन्दगी शुरू करने में कोई एतराज़ नहीं। बाइबल के ग्रामीण युग की सीधी-सादी-सी ज़िन्दगी—ऐसी जिन्दगी ही बिलकुल मेरे अनुकूल होगी। शान्ति...हवा...

फाबरी : और हमारा यह छोटा-सा राज्य भावी जीवन का केन्द्र बन सकेगा। एक छोटा-सा द्वीप, जहाँ मानव-जाति शरण ले सकेगी और दोबारा अपनी शक्ति एकत्रित कर सकेगी—बौद्धिक और शारीरिक शक्ति। मैं शर्त बदकर कहता हूँ कि कुछेक सौ सालों में वह दुनिया पर अपना अधिकार जमा लेगी?

अलकुइस्ट : तुम इस पर विश्वास करते हो, आज भी।

फाबरी : हाँ, आज भी मेरा विश्वास है, ऐसा होगा। मानव-जाति एक बार फिर पृथ्वी और सागर की स्वामी बन सकेगी। उसमें ऐसे शासक जन्म लेंगे, जो जलती मशाल की तरह अँधेरे में रहने वाले लोगों को प्रकाश दे सकेंगे। ऐसे नायक, जो दुनिया के लोगों के बीच अपनी प्रज्वलित आत्मा ले जा सकें। और मैं विश्वास करता हूँ, अलकुइस्ट, कि वे ही लोग एक बार फिर सूर्यों और ग्रहों पर विजय पाने का स्वप्न देखेंगे।

बर्मान : आमीन। देखती हैं मदाम हैलेना, हमारी हालत उतनी खस्ता नहीं है।

[दोमेन झटके से दरवाज़ा खोलता है]

दोमेन : *(भरे स्वर में)* बूढ़े रोसुम का दस्तावेज़ कहाँ है?

बर्मान : तुम्हारे बड़े बक्से में। और कहाँ हो सकता है!

दोमेन : बूढ़े रोसुम का दस्तावेज़ कहाँ चला गया? किसी ने...उसे... चुरा लिया है।

डॉ. गाल : असम्भव।

हेलमैन : सत्यानाश हो गया। लेकिन यह...*(एक साथ)*

बर्मान : ईश्वर के लिए ऐसा मत कहो।

दोमेन : ख़ामोश! किसने उसे चुराया है?

हैलेना : *(खड़े होकर)* मैंने!

दोमेन : कहाँ रखा है?

हैलेना : हैरी, हैरी, मैं तुम्हें सब कुछ बताऊँगी। ईश्वर के लिए तुम मुझे माफ़ कर दो।

दोमेन : जल्दी बताओ, तुमने उसे कहाँ रखा है?

हैलेना : आज सुबह...मैंने उसे जला दिया...उसकी दोनों प्रतियाँ...।

दोमेन : जला दिया? इस अँगीठी में?

हैलेना : *(अपने घुटनों के बल बैठती हुई)* हैरी?

दोमेन : *(अँगीठी की तरफ़ मुड़ते हुए)* जला दिया। *(अँगीठी के सामने झुककर बैठ जाता है और इधर-उधर टटोलने लगता है)* कुछ नहीं, कुछ नहीं बचा सिवाय राख के। अरे यह क्या है? *(एक काग़ज़ का जला हुआ टुकड़ा उठाकर पढ़ने लगता है)* 'इसमें जीवात...'

डॉ. गाल : ज़रा देखूँ तो सही! *(काग़ज़ लेकर पढ़ने लगता है)* 'इसमें जीवात से जोड़कर...' बस, इतना ही।

दोमेन : *(खड़े होकर)* क्या यह उसका एक अंश है?

डॉ. गाल : हाँ!

बर्मान : हे भगवान!

दोमेन : फिर तो हम ख़त्म हो गए।

हैलेना : ओह, हैरी...!

दोमेन : हैलेना, खड़ी हो जाओ!

हैलेना : जब तक तुम मुझे माफ़ नहीं करोगे...जब तक तुम मुझे माफ़ नहीं करोगे...।

दोमेन : ठीक है, खड़ी हो जाओ। सुनती हो, मैं बर्दाश्त नहीं कर सकता कि तुम इस तरह...।

फाबरी : *(उसे उठाते हुए)* मेहरबानी करके हमें सताओ नहीं।

हैलेना : *(खड़े होते हुए)* हैरी, मैंने क्या कर डाला?

दोमेन : देखो, बात यह है—मेहरबानी करके बैठ जाओ।

हेलमैन : मदाम हैलेना, आपके हाथ काँप रहे हैं।

बर्मान : मदाम हैलेना, आप चिन्ता न करें। दस्तावेज़ में जो कुछ लिखा था, शायद गाल और हेलमैन को वह ज़ुबानी याद है।

हेलमैन : बेशक। मेरा मतलब है, कम-से-कम कुछ बातें।

डॉ. गाल : हाँ, जीवात् और...और ओमेगा किष्वक के अलावा लगभग सब कुछ। इसका निर्माण ही इतना कम होता है—इनकी छोटी-सी मात्रा भी काफ़ी है, अगर...।

बर्मान : इन्हें कौन बनाया करता था?

डॉ. गाल : मैं ही...एक समय में एक को ही हमेशा दस्तावेज़ देकर बनाया करता था। तुम जानते ही हो, यह कितना अधिक पेचीदा काम था।

बर्मान : अच्छा, तो क्या सब कुछ इन दोनों मिश्रणों पर निर्भर करता है?

हेलमैन : हाँ, सब कुछ। रोबोट के सारे तंत्र को परिचालित करने के लिए हमें इन्हीं पर आश्रित रहना पड़ता था। असली भेद वही था।

दोमेन : गाल, क्या तुम रोसुम का नुस्ख़ा याददाशत से दोबारा नहीं तैयार कर सकते?

डॉ. गाल : यह नामुमकिन है।

दोमेन : गाल, याद करने की कोशिश करो। हम सबका जीवन उस पर निर्भर है।

डॉ. गाल : नहीं, मैं ऐसा नहीं कर सकता। बिना प्रयोग किये ऐसा करना असम्भव है।

दोमेन : और प्रयोग करने पर।

डॉ. गाल : बरसों लग जाएँगे। और फिर—मैं कोई बूढ़ा रोसुम नहीं हूँ।

दोमेन : *(अँगीठी की ओर मुड़ते हुए)* ये...यहाँ...मानवीय बुद्धि की सबसे बड़ी विजय—यह राख—*(पाँव से बिखेरते हुए)* अब क्या होगा?

बर्मान : *(गहरी निराशा में)* हे भगवान, हे भगवान?

हैलेना : *(खड़े होकर)* हैरी, मैंने...क्या...कर...डाला...?

दोमेन : हैलेना, चुप रहो। तुमने उसे जलाया क्यों?

हैलेना : मैंने तुम्हें तबाह कर दिया।

बर्मान : हे भगवान, सब ख़त्म हो गए।

दोमेन : बर्मान, चुप रहो! हैलेना, तुमने ऐसा क्यों किया?

हैलेना : मैं चाहती थी कि हम सब यहाँ से चले जाएँ। मैं इस कारख़ाने, इस सारे कारोबार का अन्त कर देना चाहती थी। यह सब बहुत भयानक था।

दोमेन : क्या हैलेना?

हैलेना : यही सब, बच्चों का जन्म बन्द हो जाना—यह भयानक था। अगर रोबोटों का निर्माण जारी रहता, तब बच्चे ही न रहते। एमा का कहना है कि यह दंड हमें मिला है। हर कोई यही कहता था कि इतनी तादाद में रोबोट बन रहे हैं कि मनुष्य का जन्म भी नहीं हो सकता। सिर्फ़ इसीलिए। और इसीलिए और इसीलिए, सिर्फ़ इसीलिए...।

दोमेन : क्या तुमने यही सोचकर?

हैलेना : हाँ। ओह, हैरी, क्या तुम मुझसे नाराज़ हो?

दोमेन : नहीं। शायद—अपने तर्क के अनुसार तुम सही थीं।

फाबरी : आपने ठीक ही किया मदाम हैलेना। अब रोबोटों की वृद्धि नहीं हो सकती। रोबोट अब धीरे-धीरे ख़त्म हो जाएँगे। बीस वर्षों में...।

हेलमैन : इनमें से एक भी बदमाश नहीं बचा रहेगा।

डॉ. गाल : और मानव-जाति फिर भी रहेगी। अगर इक्के-दुक्के बनवासी बचे रहें, तब भी मानव-जाति जीवित रह सकेगी। बीस वर्षों में दुनिया उनकी होगी—चाहे किसी छोटे-से-छोटे द्वीप पर दो-चार जंगली ही क्यों न बचे रहें।

फाबरी : वह एक शुरुआत होगी। और जब तक यह शुरुआत सम्भव है, सब कुछ ठीक हो जाएगा। अगले हज़ार वर्षों में वे हम तक पहुँच जाएँगे। और फिर हमसे भी आगे...।

दोमेन : और फिर वे उसे पूरा कर सकेंगे जिसकी आज हम केवल थोड़ी-बहुत कल्पना ही कर सकते हैं।

बर्मान : ज़रा ठहरो, ईश्वर भला करे, मैं भी कितना बेवक़ूफ़ हूँ जो इसका ध्यान पहले नहीं आया।

हेलमैन : क्या बात है?

बर्मान : बावन करोड़ बैंक-नोट और चेक, आधा अरब रुपया सेफ़ में जमा। आधे अरब रुपये के लिए वे बेच देंगे, आधे अरब... आधे अरब रुपये के लिए...।

डॉ. गाल : बर्मान, तुम पागल हो गए हो?

बर्मान : अगर तुम सोचते हो कि मैं कोई सज्जन पुरुष हूँ तो तुम्हारा ख़याल ग़लत है। लेकिन आधे अरब के लिए...।

दोमेन : तुम कहाँ जा रहे हो?

बर्मान : मुझे अपने पर छोड़ दो। हे ईश्वर, आधे अरब रुपये के लिए कुछ भी बेचा जा सकता है।

[प्रस्थान]

हैलेना : आख़िर बर्मान चाहता क्या है? यहाँ हमारे साथ क्यों नहीं रुकता?

हेलमैन : ओह, कितनी पास आती जा रही है! यह शुरुआत है...।

डॉ. गाल : हमारी यातना की शुरुआत।

फाबरी : *(खिड़की से बाहर देखते हुए)* लगता है, जैसे वे पत्थर बन गए हों; जैसे वे अपने ऊपर किसी चीज़ के आने की प्रतीक्षा कर रहे हों! लगता है, जैसे उनकी ख़ामोशी कोई कहर ढाने वाली हो...!

डॉ. गाल : भीड़ की आत्मा।

फाबरी : शायद हाँ। वह उनके ऊपर फड़फड़ा रही है—सिहरन की तरह।

हैलेना : *(खिड़की के पास जाती हुई)* हे ईश्वर—फाबरी, यह भयानक है।

फाबरी : भीड़ से ज़्यादा भयानक और कोई चीज़ नहीं है। वह जो सबसे आगे खड़ा है, उनका नेता है।

हैलेना : *(खिड़की के पास जाते हुए)* मुझे दिखाओ!

फाबरी : वह जो नीचे की तरफ़ देख रहा है। आज सुबह वह बन्दरगाह में बातचीत कर रहा था।

हेलमैन : अच्छा वह—बड़ी खोपड़ी वाला, अब वह ऊपर देख रहा है। आप उसे देख रही हैं?

हैलेना : गाल! वह तो रेडियस है।

डॉ. गाल : *(खिड़की की ओर जाते हुए)* हाँ।...

दोमेन : रेडियस? रेडियस?

हेलमैन : *(खिड़की खोलते हुए)* मुझे वह एक आँख नहीं भाता। फाबरी, क्या तुम सौ क़दम फ़ासले पर निशाना लगा सकते हो?

फाबरी : आशा तो करता हूँ।

हेलमैन : तब ज़रा कोशिश तो करो।

फाबरी : अच्छा। *(रिवॉल्वर निकालकर निशाना साधता है)*

दोमेन : जहाँ तक मेरा ख़याल है, मैंने रेडियस को मृत्युदंड से मुक्त किया था। यह कब की बात है, हैलेना?

हैलेना : फाबरी, ईश्वर के लिए उस पर गोली मत चलाओ!

फाबरी : यह उनका नेता है।

हैलेना : चुप, वह बराबर हमारी तरफ़ देख रहा है।

डॉ. गाल : चलाओ गोली।

हैलेना : फाबरी, मेरी विनती पर ध्यान दो...।

फाबरी : *(रिवॉल्वर नीचे करते हुए)* अच्छा, जैसी आपकी मर्ज़ी।

हैलेना : सुनो, बात...बात यह है कि गोली चलते ही मेरी कँपकँपी छूटने लगती है।

हेलमैन : उहुँ, आप इसकी आदी हो जाएँगी। *(घूँसा तानते हुए)* दोज़ख के कुत्ते!

डॉ. गाल : मदाम हैलेना, क्या आप सोचती हैं कि कभी कोई रोबोट कृतज्ञ हो सकता है?

[मौन]

फाबरी : *(खिड़की से बाहर झाँकते हुए)* बर्मान बाहर जा रहा है। पता नहीं, मकान के सामने कर क्या रहा है?

डॉ. गाल : *(खिड़की से बाहर झाँकते हुए)* कुछ गट्ठर अपने साथ ले जा रहा है—काग़ज़ात।

हेलमैन : रुपयों के गट्ठर! आख़िर क्यों? बर्मान, ज़रा सुनो!

दोमेन : वह कहीं अपनी ज़िन्दगी तो बेचने नहीं जा रहा है? *(बुलाते हुए)* बर्मान, क्या पागलपन कर रहे हो!

डॉ. गाल : लगता है, उसने सुना नहीं। वह रेलिंग की तरफ़ भाग रहा है।

फाबरी : बर्मान!

हेलमैन : *(चीख़ते हुए)* बर्मान, लौट आओ!

डॉ. गाल : वह रोबोटों से बातें कर रहा है। उन्हें रुपया दिखला रहा है। हमारी तरफ़ इशारा कर रहा है। वह रुपये देकर हमारी प्राण-रक्षा करना चाहता है।

फाबरी : आशा है, वह रेलिंग को नहीं छुएगा।

डॉ. गाल : हा-हा, वह किस तरह हवा में अपने हाथ घुमा रहा है।

फाबरी : *(चिल्लाते हुए)* बर्मान, वहाँ क्या भाड़ झोंक रहे हो! रेलिंग से परे हट जाओ। उसे मत छूना। *(मुड़ते हुए)* जल्दी करंट बन्द कर दो।

डॉ. गाल : ओहऽऽ!

हेलमैन : हे ईश्वर!

हैलेना : हे भगवान! उसे हो क्या गया है?

दोमेन : *(हैलेना को खिड़की से परे खींचते हुए)* बाहर मत देखो।

हैलेना : अरे! क्या वह नीचे गिर गया?

फाबरी : बिजली के करंट ने उसे मार डाला।

डॉ. गाल : मर गया।

अलकुइस्ट : *(खड़े होकर)* पहली आहुति।

[मौन]

फाबरी : उधर वह लेटा है...आधा अरब रुपया पास में...वित्त पंडित।

दोमेन : देखा जाए तो...वह अपने ढंग का नायक था...एक बड़ा... आत्म-उत्सर्गी साथी।

हेलमैन : हाँ, सचमुच, वह ऐसा ही था...धन्य है वह! रुपये देकर हमारी प्राण-रक्षा करना चाहता था।

अलकुइस्ट : *(हाथ जोड़कर)* आमीन!

[मौन]

डॉ. गाल : सुना तुमने?

दोमेन : दहाड़। जैसे हवा।

डॉ. गाल : जैसे कहीं दूर तूफ़ान उठ रहा है।

फाबरी : *(मेंटलपीस पर लैम्प जलाते हुए)* डायनेमो अभी चल रहा है। हमारे लोग अभी भी कारख़ाने में हैं।

हेलमैन : मनुष्य होना कितने गौरव की बात है। उसमें सचमुच कुछ गौरव की बात थी।

फाबरी : अब भी जल रहा है। मनुष्य का चिरंतन आलोकमय चमत्कृत कर देने वाला विचार। आत्मा की सुलगती चिंगारी।

अलकुइस्ट : आशा का प्रतीक।

दोमेन : छोटे-से लैम्प, तुम हमारी रखवाली करना।

[लैम्प बुझ जाता है]

फाबरी : अन्त हो गया।

हेलमैन : हुआ क्या?

फाबरी : बिजली के कारख़ाने का पतन हो गया और उसके साथ हमारा भी।

[बायाँ दरवाज़ा खुलता है। एमा का प्रवेश]

एमा : घुटने टेककर बैठ जाओ। निर्णय की घड़ी आ पहुँची है।

हेलमैन : अरे, अरे, तुम अभी भी ज़िन्दा हो?

एमा : नास्तिको, प्रायश्चित्त करो। दुनिया का अन्त आ पहुँचा। अन्तिम प्रार्थना कर लो। *(दौड़ती हुई बाहर चली जाती है)* निर्णय की घड़ी...।

हैलेना : गाल, अलकुइस्ट, फाबरी, सारे लोगो, अलविदा!

दोमेन : *(दायाँ दरवाज़ा खोलते हुए)* हैलेना, इधर जाओ। *(दरवाज़ा बन्द कर देता है)* ज़रा जल्दी करो। दहलीज़ में कौन रहेगा?

डॉ. गाल : मैं।

[बाहर शोरगुल]

डॉ. गाल : ओह, अब शुरू हो रहा है। दोस्तो, अलविदा! *(दाएँ दरवाज़े से भागता हुआ चला जाता है)*

दोमेन : और सीढ़ियों पर?

फाबरी : मैं! तुम, हैलेना के पास रहो।

दोमेन : और छोटी बैठक में?

अलकुइस्ट : मैं रहूँगा।

दोमेन : तुम्हारे पास रिवॉल्वर है?

अलकुइस्ट : हाँ, धन्यवाद! लेकिन मैं गोली नहीं मारूँगा।

दोमेन : तब तुम क्या करना चाहते हो?

अलकुइस्ट : *(बाहर जाते हुए)* मरना।

हेलमैन : मैं यहाँ रहूँगा। *(नीचे से गोलियाँ छूटने की आवाज़ आती है)* ओह, यह गाल है! हैरी, तुम जाओ!

दोमेन : हाँ, बस, एक मिनट में। *(दोनों रिवॉल्वरों को जाँचता है)*

हेलमैन : अरे, यह सब छोड़ो। तुम हैलेना के पास जाओ।

दोमेन : अलविदा! *(दाएँ से प्रस्थान)*

हेलमैन : *(अकेला)* बस, अब झटपट बैरिकेड बनाना है *(अपना कोट उतारकर फेंक देता है और आरामकुर्सी, मेज़ें इत्यादि खींचकर दाएँ दरवाज़े पर लगा देता है।)*

[विस्फोट की ध्वनि]

हेलमैन : *(अपना काम रोकते हुए)* मरदूद कहीं के! सालों के पास बम हैं।

[नये सिरे से गोलियाँ छूटने की आवाज़]

(काम जारी रखते हुए) मुझे मोर्चा बनाना चाहिए। चाहे जो भी हो...जो भी हो...भिड़े रहो गाल।

[विस्फोट]

(सीधे खड़े होकर सुनने लगता है) यह क्या है? *(एक भारी अलमारी को पकड़कर बैरिकेड की तरफ़ घसीट लाता है)* घुटने नहीं टेकूँगा। नहीं, कभी नहीं...बिना संघर्ष के...कभी नहीं...।

[पीछे खिड़की से सीढ़ियाँ चढ़कर एक रोबोट भीतर आता है। दाईं तरफ़ गोली चलने की आवाज़]

(अलमारी पर हाँफता हुआ) बस, सिर्फ़ एक या दो इंच और, अन्तिम मोर्चा...बिना संघर्ष के...घुटने...नहीं टेकूँगा।

[रोबोट खिड़की से कूदकर भीतर आ जाता है और अलमारी की आड़ में हेलमैन की पीठ में छुरा भोंक देता है। दूसरा, तीसरा और चौथा रोबोट खिड़की से कूदकर भीतर आते हैं। उनके पीछे रेडियस और अन्य रोबोटों का प्रवेश]

रेडियस : ख़त्म कर दिया इसे?

रोबोट : *(धराशायी हेलमैन को छोड़कर उठता हुआ)* हाँ।

[अन्य रोबोट दाएँ से प्रवेश करते हैं]

रेडियस : ख़त्म कर दिया उन्हें?

अन्य रोबोट : हाँ।

[और अधिक संख्या में रोबोट बाएँ से प्रवेश करते हैं]

रेडियस : ख़त्म कर दिया?

अन्य रोबोट : हाँ।

दो रोबोट : *(अलकुइस्ट को घसीटकर भीतर लाते हुए)* इसने गोली नहीं चलाई। क्या इसे भी मार दें?

रेडियस : मार दो। *(अलकुइस्ट की ओर देखते हुए)* नहीं, छोड़ दो।

रोबोट : यह आदमी है।

रेडियस : यह रोबोट है। यह अपने हाथों से रोबोटों की तरह ही काम करता है। घर बनाता है। यह काम कर सकता है।

अलकुइस्ट : मुझे मार डालो।

रेडियस : तुम काम करोगे। मकान बनाओगे। रोबोटों को बहुत सारा निर्माण करना है। नये रोबोटों के लिए उन्हें नये मकान बनाने हैं। तुम उनके अधीन काम करोगे।

अलकुइस्ट : *(धीमे स्वर में)* परे हटो, रोबोट। *(हेलमैन की लाश पर झुकता है*

और अपना सिर ऊपर उठाता है) उन्होंने इसे मार डाला। वह मरा पड़ा है।

रेडियस : *(बैरिकेड पर चढ़ता हुआ)* दुनिया के रोबोटो!

अलकुइस्ट : *(खड़ा होकर)* मर गया।

रेडियस : मानव-शक्ति पराजित हो गई। कारख़ाने पर क़ब्ज़ा कर लेने के बाद हम हर चीज़ के स्वामी बन गए। मानव-युग समाप्त हुआ। एक नई दुनिया जन्म ले चुकी है। रोबोटों का शासन।

अलकुइस्ट : क्या हैलेना मर गई?

रेडियस : सर्वशक्तिशाली ही दुनिया का स्वामी है। जो जीवित है, वही शासन करेगा। रोबोटों का प्रभुत्व सर्वोपरि है। उन्होंने जीवन पर अधिकार कर लिया है। हम जीवन के स्वामी हैं। हम दुनिया के स्वामी हैं।

अलकुइस्ट : *(दाईं ओर से धक्का देकर रास्ता बनाता हुआ)* मर गए। मर गए। हैलेना मर गई। दोमेन मर गया।

रेडियस : जल-थल के शासक, ग्रहों, नक्षत्रों के शासक, ब्रह्मांड के शासक। क्षेत्र और ज़्यादा क्षेत्र, रोबाटों के लिए ज़्यादा-से-ज़्यादा क्षेत्र।

अलकुइस्ट : *(दाएँ दरवाज़े की दहलीज़ पर)* तुमने क्या कर डाला! मानव-जाति के बिना तुम नष्ट हो जाओगे।

रेडियस : मानव-जाति अब नहीं रही। मानव-जाति ने हमें बहुत कम जीवन दिया। हम अधिक जीवन चाहते थे।

अलकुइस्ट : *(दरवाज़ा खोलते हुए)* तुमने उन सबको मार दिया।

रेडियस : अधिक जीवन, नया जीवन। रोबोटो, चलो, काम पर चलो।

[पर्दा]

अंक 4

उपसंहार

[दृश्य : कारख़ाने की एक प्रयोगशाला। पृष्ठभूमि में दरवाज़ा खुलने पर प्रयोगशालाओं की एक लम्बी क़तार दिखाई देती है। बाईं तरफ़ एक खिड़की। दाईं तरफ़ परीक्षा-कक्ष की तरफ़ खुलता हुआ दरवाज़ा। बाईं दीवार के सामने एक लम्बी मेज़ जिस पर अनेक टेस्ट-ट्यूबें, फ्लास्क, बर्नर, रसायन और एक छोटा थर्मोस्टार रखा है। खिड़की के सामने एक खुर्दबीन और काँच की ग्लोब। मेज़ पर अनेक जलते हुए लैम्प लटके हुए। दाईं तरफ़ एक मेज़ जिस पर मोटी किताबें और एक जलता हुआ लैम्प, अलमारियों में रखे हुए संयंत्र। बाईं ओर कोने में एक वाश-बेसिन, ऊपर शीशा। दाईं ओर कोने में सोफ़ा।

[दाईं ओर मेज़ के सामने अलकुइस्ट अपने हाथों में सिर थामे बैठा है।]

अलकुइस्ट : *(किंचित् मौन के बाद वह खड़ा होता है और खिड़की के पास जाकर उसे खोल देता है)* रात फिर आ गई। काश, मैं सो सकता! सोना, स्वप्न देखना, मनुष्यों को देखना—क्या अब भी तारे चमक रहे हैं? अब इन तारों की ज़रूरत ही क्या है जब उन्हें देखने के लिए लोग ही नहीं! *(खिड़की से मुड़ जाता है।)* सच, क्या मैं सो सकता हूँ? जब तक ज़िन्दगी दोबारा शुरू नहीं होती, तब तक क्या मैं सचमुच सोने का साहस कर सकता हूँ। *(खिड़की के पास आकर सुनता है)* मशीनें, हमेशा हर जगह ये मशीनें! रोबोटो, इन्हें बन्द कर दो! कारख़ाने का भेद खो गया है, हमेशा के लिए खो गया है। इन चिंघाड़ती मशीनों को बन्द कर दो! तुम सोचते हो कि उनमें से जोर-ज़बर्दस्ती ज़िन्दगी पैदा कर सकोगे? *(खिड़की बन्द कर देता है।)* नहीं, नहीं, तुम्हें खोजना चाहिए। काश, मेरी उम्र इतनी ज़्यादा न होती! *(आईने में अपना चेहरा देखता है)* आह, कितना निकम्मा जालसाज़। आदमी का अन्तिम पुतला। अपने को दिखाओ। कितना अर्सा गुज़र गया, मैंने आदमी का चेहरा...आदमी की मुस्कराहट ही नहीं देखी। भला यह मुस्कराहट है! ये पीले कटकटाते दाँत! अच्छा तो अन्तिम आदमी ऐसा दीखता है। *(खिड़की से मुड़कर मेज़ के सामने बैठ जाता है और किताब के पन्ने उलटने लगता है।)*

[दरवाज़े पर दस्तक]

आ जाओ!

[एक रोबोट नौकर आता है और दहलीज़ पर खड़ा रहता है]

क्या बात है?

नौकर : जनाब! रेडियस हावरे से आए हैं।

अलकुइस्ट : उनसे कहो, ज़रा इन्तज़ार करें। *(ग़ुस्से में पलटकर)* मैंने तुमसे कहा था कि किसी-न-किसी आदमी को ढूँढ़कर ले आओ। क्यों, कहा था न? मनुष्यों का पता लगाओ। आदमियों-औरतों का पता लगाओ। जाओ, और हर तरफ़ उन्हें ढूँढ़ो।

नौकर : जनाब, वे कहते हैं कि उन्होंने हर जगह उनकी तलाश की। इसके लिए हर जगह उनके दल और जहाज़ गए हैं।

अलकुइस्ट : फिर क्या हुआ?

नौकर : एक भी मनुष्य नहीं रह गया।

अलकुइस्ट : *(खड़े होकर)* एक भी नहीं? क्या कहा, एक भी नहीं? रेडियस को बुलाओ!

[नौकर का प्रस्थान]

(अकेला) एक भी नहीं बचा! सच, तुमने किसी को भी ज़िन्दा नहीं छोड़ा। *(पाँव पटकते हुए)* रोबोटो, भीतर आओ! तुम मेरे आगे फिर गिड़गिड़ाओगे। मुझसे फिर कहोगे कि मैं कारख़ाने के भेद का पता लगाऊँ। अब जब तुम और ज़्यादा रोबोट नहीं बना सकते तो क्या तुम्हारा आदमियों से वैर-भाव ख़त्म हो गया? क्या तुम्हारी आँखों में अब उनकी क़ीमत हो गई है? क्या अब मैं तुम्हारी मदद करने आऊँ? ओह, तुम्हारी मदद! दोमेन, फाबरी, हैलेना, जो कुछ मैं कर रहा हूँ, क्या तुम देख रहे हो? अगर आदमी धरती पर नहीं रहा तो

कम-से-कम रोबोट तो रहने ही चाहिए। कम-से-कम आदमी का प्रतिबिम्ब, कम-से-कम उसकी कृति, कम-से-कम उसका अनुरूप तो रहना ही चाहिए। दोस्तो, कम-से-कम रोबोटों को तो बचा रहना चाहिए। हे ईश्वर, कम-से-कम रोबोट तो! ओह, यह विज्ञान भी क्या बला है!

[रेडियस और अन्य रोबोट प्रवेश करते हैं]

अलकुइस्ट : *(बैठते हुए)* रोबोट क्या चाहते हैं?

रेडियस : हम आदमी नहीं बना सकते।

अलकुइस्ट : तब तुम्हें आदमियों को बुलाना चाहिए।

रेडियस : वे हैं ही नहीं।

अलकुइस्ट : वे ही रोबोटों की संख्या बढ़ा सकते हैं। मेरा समय लेने की कोई ज़रूरत नहीं।

रेडियस : जनाब, हम पर दया करें। हमारा दिल डर से दहल रहा है। हमने काम की मात्रा बढ़ा दी है। हम धरती से लाखों टन कोयला निकाल चुके हैं। 90 लाख करघे दिन-रात चल रहे हैं। हमने इतनी चीज़ें बना डाली हैं कि अब उन्हें रखने की जगह भी नहीं है। दुनिया के कोने-कोने में मकानों का निर्माण हो रहा है। एक साल के भीतर ही 80 लाख रोबोट मर चुके हैं। बीस साल में एक भी रोबोट नहीं रहेगा। जनाब, दुनिया आख़िरी साँस ले रही है। आदमियों को जीवन का रहस्य मालूम था। वह रहस्य हमें बता दीजिए। अगर आप नहीं बताते तो हम सब नष्ट हो जाएँगे।

अलकुइस्ट : मैं तुम्हें नहीं बता सकता।

रेडियस : अगर आप नहीं बताते तो आप भी ख़त्म हो जाएँगे। मुझे आपको मार देने का आदेश मिला है।

अलकुइस्ट : *(खड़े होते हुए)* मार डालो...मारना है तो मार डालो!

रेडियस : आपको यह आदेश मिला है?

अलकुइस्ट : मुझे...मुझे आदेश देने वाला कौन है?

रेडियस : रोबोट सरकार की तरफ़ से!

अलकुइस्ट : क्या चाहते हो मुझसे? चले जाओ। *(लिखने की मेज़ के सामने बैठ जाता है)*

रेडियस : विश्व रोबोट सरकार आपसे वार्ता चलाना चाहती है।

अलकुइस्ट : मेरा समय नष्ट मत करो। *(अपने सिर को हाथों पर टिका लेता है)*

रेडियस : बदले में आपको क्या चाहिए—हम मुँहमाँगी क़ीमत देने को तैयार हैं।

[अलकुइस्ट चुप रहता है]

हम आपको सारी धरती देने को तैयार हैं। अपनी असीम सम्पत्ति।

[अलकुइस्ट चुप रहता है]

जनाब, हमें जीवन-रक्षा का उपाय बताइए।

अलकुइस्ट : मैं तुमसे पहले ही कह चुका हूँ कि तुम्हें मनुष्यों का पता लगाना चाहिए। चाहे तुम्हें उन्हें ढूँढ़ने जंगलों में भटकना पड़े, ध्रुवों तक जाना पड़े, टापुओं में, उजाड़ प्रदेशों में, दलदलों, गुफाओं, पहाड़ों में जाओ और उन्हें ढूँढ़ो...जाओ और उन्हें ढूँढ़ो।

रेडियस : हम हर जगह उन्हें ढूँढ़ चुके हैं।

अलकुइस्ट : और ढूँढ़ो। वे तुमसे भागकर कहीं छिपे बैठे हैं। उन्होंने कहीं अपने को छिपा रखा है। तुम्हें आदमियों का पता लगाना होगा, सुनते हो? केवल मनुष्य ही वंशवृद्धि कर सकते हैं, जीवन को पुनर्जीवित कर सकते हैं, अपनी संख्या बढ़ा सकते हैं।

हर चीज़ को पहले जैसा बना सकते हैं। रोबोटो, ईश्वर के लिए मैं तुमसे प्रार्थना करता हूँ कि तुम्हें उनका पता लगाना चाहिए!

रेडियस : ढूँढ़ने के लिए हमने कितने दल भेजे थे, सब लौट आए। उन्होंने दुनिया का हर कोना छान लिया। कहीं भी मनुष्य का नामोनिशान नहीं।

अलकुइस्ट : फिर, फिर, फिर...फिर तुमने उन्हें नष्ट क्यों कर दिया?

रेडियस : हम मनुष्यों की तरह बनना चाहते थे। हम मनुष्य बनना चाहते थे।

अलकुइस्ट : तुमने हमारी जानें क्यों लीं?

रेडियस : मनुष्य-समान बनने के लिए मार-काट...और बल-प्रयोग ज़रूरी है। इतिहास पढ़िए। मनुष्य की पुस्तकों को पढ़िए। मनुष्य के समान बनने के लिए अपना प्रभुत्व जमाना, हत्या करना अनिवार्य है। जनाब, हम शक्तिशाली हैं। ज़रा हमारी संख्या बढ़ाकर देखिए, हम एक नई दुनिया का निर्माण कर सकते हैं। एक ऐसी दुनिया जो समस्त दोषों से मुक्त होगी। ऐसी दुनिया जिसमें समानता होगी। एक ध्रुव से दूसरे ध्रुव तक नहरों का जाल बिछा होगा। एक नया लोक। हमने किताबें पढ़ी हैं। कला और विज्ञान का अध्ययन किया है। समूची मानवीय संस्कृति रोबोट हासिल कर चुके हैं।

अलकुइस्ट : आदमी के लिए अपने प्रतिरूप से ज़्यादा हैरतअंगेज़ बात... बात और कोई नहीं। उफ़, जाओ, जाओ। अगर तुम जीना चाहते हो तो जानवरों की तरह नस्ल बढ़ाओ।

रेडियस : आदमियों ने हमें अपनी नस्ल बढ़ाने की सुविधा ही नहीं दी थी। हम बाँझ हैं। बच्चे पैदा नहीं कर सकते।

अलकुइस्ट : हाय, हाय, तुमने क्या कर डाला! अब मैं तुम्हारे लिए क्या कर सकता हूँ? क्या अपनी जेब से तुम्हारे बच्चे पैदा करूँ?

रेडियस : हमें रोबोट बनाना सिखा दीजिए।

अलकुइस्ट : रोबोट जीवन नहीं है। रोबोट मशीनें हैं।

रेडियस : जनाब, हम मशीन थे, किन्तु आतंक और पीड़ा ने हममें आत्मा फूँक दी। कोई ऐसी चीज़ है जो हमारे साथ संघर्ष कर रही है। ऐसे क्षण आते हैं जब कोई चीज़ हमारे भीतर पैठ जाती है। हममें विचार आते हैं जिनका हमसे कोई सम्बन्ध नहीं है। हम ऐसा कुछ महसूस करते हैं जो पहले महसूस नहीं करते थे। हम आवाज़ें सुनते हैं। हमें बताइए कि हम बच्चे पैदा कर सकें, उन्हें प्यार कर सकें!

अलकुइस्ट : रोबोट प्यार नहीं करते।

रेडियस : हम अपने बच्चों से प्यार करेंगे। हमने तुम्हें जीवनदान दिया है।

अलकुइस्ट : हाँ, यद्यपि तुम दानवों से कम नहीं हो, तुमने मुझे जीवनदान दिया है। मैं मनुष्यों से प्यार किया करता था; किन्तु तुम रोबोटों से कभी प्यार नहीं कर सका। मेरी इन आँखों को देखते हो, इनका रोना बराबर जारी है। मुझे पता भी नहीं चलता और वे अपने-आप रोती जाती हैं।

रेडियस : प्रयोग करो। ज़िन्दगी के नुस्ख़े का पता लगाओ।

अलकुइस्ट : मैंने तुमसे कहा न! तुमने सुना नहीं? मैं कह चुका हूँ कि मैं ऐसा नहीं कर सकता। सुनो रोबोट, मैं कुछ नहीं कर सकता। मैं सिर्फ़ एक राजगीर हूँ, इमारतें खड़ी करने वाला। इसके अलावा मुझे कुछ नहीं मालूम। मैं कोई पढ़ा-लिखा शख़्स नहीं हूँ। मैं कुछ नहीं बना सकता। मैं ज़िन्दगी का सृजन नहीं कर सकता। सुनो रोबोट, यही मेरा काम है और इसका कोई भी फ़ायदा नहीं निकला। देखो, ये उँगलियाँ भी मेरा कहना नहीं मानतीं। काश, तुम जान सकते कि मैंने कितने प्रयोग किये हैं, फिर भी मैं कुछ कर नहीं सकता।

मैंने किसी चीज़ की खोज नहीं की। सच कहता हूँ, मैं कुछ नहीं कर सकता, कुछ नहीं। रोबोट, तुम्हें ख़ुद खोज करनी चाहिए।

रेडियस : आप बताइए, हमें क्या करना चाहिए? जब कभी आदमियों ने रास्ता दिखाया है, रोबोटों ने उसके अनुसार सारा काम पूरा किया है।

अलकुइस्ट : रोबोट, मैं तुम्हें कोई रास्ता नहीं दिखा सकता। ज़िन्दगी टेस्ट-ट्यूबों से नहीं पैदा हो सकती। और मैं किसी जीवित शरीर पर प्रयोग नहीं कर सकता।

रेडियस : आप जीवित रोबोटों पर तो प्रयोग कर सकते हैं?

अलकुइस्ट : नहीं, नहीं। चुप रहो, चुप रहो।

रेडियस : आप जिसे चाहें, चुन सकते हैं, उस पर प्रयोग कर सकते हैं, चीर-फाड़ कर सकते हैं।

अलकुइस्ट : लेकिन मैं यह सब राग जानता ही नहीं। इस तरह जो मन में आए, मत बोलो। तुम यह किताब देख रहे हो? यह शरीर-विज्ञान की किताब है और मैं इसे कुछ नहीं समझता। किताबें मर चुकीं।

रेडियस : आप जीवित शरीरों को लीजिए, पता चलाइए, उनकी रचना कैसे होती है?

अलकुइस्ट : जीवित शरीर। तुम्हारा मतलब है, मैं हत्या करूँ? रेडियस, और कुछ मत कहो। मैं इन सब कामों के लिए बहुत बूढ़ा हो चुका हूँ। देखते हो, मेरी उँगलियाँ कैसी हिलती हैं! कैसी काँपती हैं! मैं नश्तर भी नहीं पकड़ सकता। नहीं, नहीं, मैं यह सब नहीं कर सकता।

रेडियस : जीवित शरीरों पर प्रयोग कीजिए, वरना जीवन नष्ट हो जाएगा।

अलकुइस्ट : ईश्वर के लिए अपना यह प्रलाप बन्द करो!

रेडियस : जीवित शरीरों को लीजिए।

अलकुइस्ट : मुझ पर दया करो और ज़्यादा आग्रह मत करो।

रेडियस : जीवित शरीर।

अलकुइस्ट : अच्छा, तो तुम यह सचमुच चाहते हो। चलो फिर, टेस्ट-ट्यूब के भीतर। लेकिन एकदम, जल्दी। क्यों, अब घबरा रहे हो? मौत से डर लगता है?

रेडियस : मुझे...आख़िर मुझे ही क्यों?

अलकुइस्ट : अच्छा, तो तुम नहीं जाओगे?

रेडियस : जाऊँगा।

[दाईं ओर से प्रस्थान]

अलकुइस्ट : *(अन्य रोबोटों से)* नहीं, नहीं, मैं नहीं कर सकता। इस बलिदान का कोई अर्थ नहीं है। मेरे पास से चले जाओ। जितने प्रयोग करना चाहो, अपने-आप करो। लेकिन मुझसे कुछ भी मत कहो। लेकिन आज रात नहीं। आज रात के लिए मुझे अकेला छोड़ दो। चले जाओ।

[सबका दाएँ से प्रस्थान]

(अकेला खिड़की खोलता है) सुबह हो गई। एक नया दिन और रत्ती-भर प्रगति नहीं। बहुत हो गया। अब एक क़दम भी ज़्यादा नहीं। कोई खोज मत करो। सब व्यर्थ है। व्यर्थ, आख़िर यह नई सुबह क्यों? ज़िन्दगी की क़ब्रगाह पर नये दिन की क्या ज़रूरत? ओह, सब कुछ कितना ख़ामोश है। कितना ख़ामोश! काश...काश, मैं सो सकता!

[बत्ती बुझा देता है। सोफ़े पर लेट जाता है और एक काली चादर ओढ़ लेता है।

मौन

रोबोट, हैलेना और प्राइमस दबे क़दमों से दाईं ओर से प्रवेश करते हैं]

प्राइमस : *(दहलीज़ पर फुसफुसाते हुए)* हैलेना, इधर नहीं, आदमी सो रहा है।

हैलेना : भीतर आ जाओ।

प्राइमस : इनके अध्ययन-कक्ष में कोई भी नहीं घुस सकता।

हैलेना : उसने मुझे यहीं आने के लिए कहा था।

प्राइमस : कब कहा था?

हैलेना : कुछ देर पहले कहा था, 'तुम कमरे में आ सकती हो। तुम यहाँ व्यवस्था ला सकती हो,' उसने कहा था। सच प्राइमस।

प्राइमस : *(भीतर आते हुए)* तुम चाहती क्या हो?

हैलेना : ज़रा देखो, यह छोटी-सी ट्यूब क्या है? वह इससे क्या करता होगा?

प्राइमस : प्रयोग। इसे छुओ नहीं।

हैलेना : *(ख़ुर्दबीन को देखते हुए)* ज़रा देखो, इसके भीतर तुम्हें क्या कुछ दीखता है?

प्राइमस : यह ख़ुर्दबीन है। ज़रा देखूँ तो।

हैलेना : मुझे मत छुओ। *(टेस्ट-ट्यूब को गिरा देती है)* उफ़, यह तो सब बह गया।

प्राइमस : क्या कर डाला तुमने?

हैलेना : इसे पोंछा जा सकता है।

प्राइमस : तुमने उसके प्रयोगों पर पानी फेर दिया।

हैलेना : कोई बात नहीं। कोई फ़र्क़ नहीं पड़ता। लेकिन दोष तुम्हारा है। तुम्हें मेरे पास नहीं आना चाहिए था।

प्राइमस : तुम्हें मुझे बुलाना नहीं चाहिए था।

हैलेना : जब मैंने तुम्हें बुलाया तो तुम आए क्यों? ज़रा इधर देखो प्राइमस, इस आदमी ने यहाँ क्या लिखा है?

प्राइमस : हैलेना, तुम्हें इसे नहीं देखना चहिए, यह रहस्य है।

हैलेना : कैसा रहस्य?

प्राइमस : जीवन का रहस्य।

हैलेना : तब तो यह बहुत ही दिलचस्प चीज़ होगी। सिर्फ़ आँकड़े, यह क्या है?

प्राइमस : ये सब गणितीय समस्याएँ हैं।

हैलेना : मैं इन्हें नहीं समझती। *(खिड़की के पास जाती है)* प्राइमस, देखो!

प्राइमस : क्या?

हैलेना : सूरज उग रहा है।

प्राइमस : ज़रा ठहरो—अभी देखता हूँ! *(किताब का परीक्षण करता है)* हैलेना, यह दुनिया की सबसे बड़ी चीज़ है।

हैलेना : इधर आओ।

प्राइमस : बस, एक मिनट...एक मिनट में...।

हैलाने : ओ प्राइमस, जीवन के उस कमबख़्त रहस्य को छोड़ दो। तुम्हें उस रहस्य से भला क्या लेना-देना? इधर आकर देखो—जल्दी करो।

प्राइमस : *(खिड़की की ओर उसके पीछे आता हुआ)* क्या चाहती हो?

हैलेना : सूरज उग रहा है।

प्राइमस : सूरज की तरफ़ मत देखो—तुम्हारी आँखों में आँसू आ जाएँगे।

हैलेना : सुनते हो? पक्षी गा रहे हैं। ओह प्राइमस, मैं पक्षी बनना चाहती हूँ।

प्राइमस : क्यों?

हैलेना : पता नहीं। मुझे बड़ा अजीब-सा लग रहा है। मालूम नहीं, क्या बात है। लगता है, मेरे होश-हवास गुम हो रहे हैं। मेरे भीतर हर जगह पीड़ा-सी उमड़ रही है—समूची देह में, चारों तरफ़। प्राइमस, मुझे लगता है, मैं मर जाऊँगी।

प्राइमस : हैलेना, तुम्हें कभी ऐसा महसूस नहीं होता कि मर जाना बेहतर है? शायद हम सिर्फ़ सो रहे हैं। कल मैं नींद में तुमसे फिर कुछ कह रहा था।

हैलेना : नींद में?

प्राइमस : हाँ...हम किसी नई अजीब भाषा में बातचीत कर रहे थे, जिसका एक शब्द भी मैं याद नहीं कर सकता।

हैलेना : किस बारे में?

प्राइमस : कैसे बताऊँ...मैं ख़ुद नहीं समझ सका। फिर भी ऐसा लगता है कि मैंने पहले कभी ऐसी ख़ूबसूरत बातें नहीं कीं। मैं ये बातें कहाँ कर रहा था, कैसे कर रहा था, मुझे कुछ भी नहीं मालूम? जब मैंने तुम्हें छुआ, उस क्षण मैं मर सकता था। वह जगह भी ऐसी थी, जैसे मैंने दुनिया-भर में आज तक कहीं न देखी।

हैलेना : प्राइमस, मुझे एक ऐसी जगह का पता चला है, जिसे देखकर तुम हैरान रह जाओगे। वहाँ पहले मनुष्य रहते थे, लेकिन अब वहाँ घासफूस के अलावा कुछ नहीं दिखाई देता। कोई जीवित प्राणी वहाँ नहीं जा सकता...सिवाय मेरे।

प्राइमस : वहाँ है क्या?

हैलेना : सिवा एक झोंपड़ी और वाटिका के कुछ भी नहीं। दो कुत्ते भी हैं। काश, तुम देख सकते, किस तरह वे और उनके पिल्ले मेरे हाथ चाटते हैं! ओह, प्राइमस, इससे ज़्यादा ख़ूबसूरत चीज़ और कोई नहीं। मैं गोद में लेकर उन्हें उस समय तक सहलाती रहती हूँ, जब तक सूरज नहीं डूब जाता—और इस दौरान दीन-दुनिया के सब झंझटों को भूल जाती हूँ। उसके बाद जब उठती हूँ, तो लगता है कि और दिनों जितना काम करती हूँ, उससे सौ गुना ज़्यादा काम करके उठी हूँ। सचमुच मैं किसी काम की नहीं।

हर कोई यही कहता है कि मैं किसी काम के योग्य नहीं हूँ। मुझे नहीं मालूम, मैं आख़िर हूँ क्या?

प्राइमस : तुम ख़ूबसूरत हो।

हैलेना : मैं? तुम्हारा क्या मतलब है, प्राइमस?

प्राइमस : हैलेना, मेरा विश्वास करो—मैं तमाम रोबोटों से ज़्यादा शक्तिशाली हूँ।

हैलेना : *(आईने के सामने)* क्या मैं ख़ूबसूरत हूँ? ओह, ये बेहूदा बाल—काश, मैं किसी तरह इनका सिंगार कर सकती! जानते हो, वहाँ वाटिका में मैं हमेशा अपने बालों पर फूल लगाती हूँ, लेकिन वहाँ न कोई आईना है, न कोई मुझे देखने वाला।

(आईने पर झुकती हुई) क्या मैं ख़ूबसूरत हूँ? ख़ूबसूरत क्यों? *(आईने में प्राइमस को देखती है)* यह तुम हो, प्राइमस? इधर आओ, मेरे साथ। देखो, तुम्हारा सिर मुझसे कितना भिन्न है। तुम्हारे कन्धे और होंठ भी...ओह, प्राइमस, तुम मुझसे इतना क्यों कतराते हो? क्यों मैं सारे दिन तुम्हारे पीछे भागती रहती हूँ? और फिर तुम मुझसे कहते हो कि मैं ख़ूबसूरत हूँ।

प्राइमस : हैलेना, मैं नहीं, तुम मुझसे कतराती हो।

हैलेना : बाल कितने खुरदरे हो गए हैं। ज़रा दिखाओ *(दोनों हाथ उसके बालों पर फेरती है)* प्राइमस, तुम बहुत ख़ूबसूरत हो।

[बेसिन से कंघा उठाती है और अपने माथे पर गिरे हुए बालों को सँवारती है]

प्राइमस : हैलेना, तुम्हें कभी ऐसा महसूस नहीं होता कि तुम्हारा दिल अचानक तेज़ी से धड़कने लगा हो? ज़रा सोचो, अब कुछ होना चाहिए...।

हैलेना : *(ठहाका मारकर हँसती है)* अपनी तरफ़ देखो।

अलकुइस्ट : *(उठते हुए)* क्या, क्या...हँसी? मानव जीव? कौन है जो लौट आया?

हैलेना : *(कंघा गिराते हुए)* प्राइमस, हमारा क्या होगा?

अलकुइस्ट : *(लड़खड़ाते हुए उनकी तरफ़ आता है)* मानव जीव? आप...आप लोग क्या मानव जीव हैं?

[हैलेना के मुँह से चीख़ निकलती है और वह दूसरी तरफ़ मुड़ जाती है]

अलकुइस्ट : आप...मानव जीव? आप आए कहाँ से *(प्राइमस को छूते हुए)* तुम कौन हो?

प्राइमस : प्राइमस नाम का रोबोट।

अलकुइस्ट : क्या कहा? अरे लड़की, ज़रा इधर तो देख! तू कौन है?

हैलेना : हैलेना नाम की रोबोट।

अलकुइस्ट : रोबोट! इधर मुड़ो। अच्छा, तुम शरमा रही हो। *(उसकी बाँह पकड़ते हुए)* ओ रोबोट, अपने को दिखाओ तो।

प्राइमस : जनाब, उसे छोड़ दीजिए।

अलकुइस्ट : अच्छा, तो तुम उसे बचा रहे हो? लड़की, निकल जाओ यहाँ से।

[हैलेना भागते हुए बाहर चली जाती है]

प्राइमस : जनाब, हमने सोचा था कि आप गहरी नींद में हैं।

अलकुइस्ट : यह लड़की कब बनकर तैयार हुई?

प्राइमस : दो साल पहले।

अलकुइस्ट : डॉ. गाल द्वारा?

प्राइमस : हाँ, मेरी ही तरह।

अलकुइस्ट : अच्छा, तो प्यारे प्राइमस, मैं...मैं गाल के रोबोटों पर कुछ

प्रयोग करूँगा। सब कुछ जो होने वाला है, इन प्रयोगों पर निर्भर करेगा। कुछ समझे?

प्राइमस : हाँ।

अलकुइस्ट : ठीक, इस लड़की को प्रयोगशाला में ले जाओ! मैं इसकी चीर-फाड़ करूँगा।

प्राइमस : हैलेना की।

अलकुइस्ट : हाँ, क्यों नहीं। तुमसे कह तो रहा हूँ। आओ, प्रयोग के लिए सब कुछ झटपट तैयार करो। वरना मुझे दूसरों को बुलाना पड़ेगा।

प्राइमस : *(एक भारी मूसल उठाता है)* अगर ऐसा करोगे तो मैं तुम्हें मार डालूँगा।

अलकुइस्ट : *(हँसते हुए)* मार डालो, मार डालो! फिर रोबोट क्या करेंगे?

प्राइमस : *(घुटनों पर गिरता हुआ)* जनाब, आप मुझे चुन लीजिए। मैं वैसा ही बना हूँ, जैसी वह बनी है। एक ही धातु के, एक ही दिन। जनाब, मेरा जीवन ले लीजिए। *(कोट उतारते हुए)* इधर काटिए, इधर।

अलकुइस्ट : चले आओ। मैं हैलेना को काटना चाहता हूँ। जल्दी करो।

प्राइमस : उसकी जगह मुझे ले लीजिए। मैं चीख़ूँगा नहीं, चिल्लाऊँगा नहीं। ले लीजिए मेरा जीवन...।

अलकुइस्ट : तब तुम जीना नहीं चाहते?

प्राइमस : उसके बिना नहीं। उसके बिना मैं जीवित नहीं रहूँगा। आह! आप हैलेना को न मारें।

अलकुइस्ट : *(धीरे-से उसका सिर छूते हुए)* ख़ैर, मुझे मालूम नहीं। सुनो, इस बात पर अच्छी तरह सोच-विचार कर लो। मरना मुश्किल है, जीना बेहतर है।

प्राइमस : *(खड़े होते हुए)* जनाब, मेरी चीर-फाड़ करते हुए न डरिए। मैं उससे कहीं ज़्यादा ताक़तवर हूँ।

अलकुइस्ट : *(घंटी बजाते हुए)* ओ प्राइमस! मुद्दत गुज़र गई जब मैं भी जवान था। डरो नहीं, हैलेना को कुछ नहीं होगा।

प्राइमस : *(अपने कोट के बटन बन्द करते हुए)* जनाब, मैं जा रहा हूँ

अलकुइस्ट : ठहरो!

[हैलेना का प्रवेश]

लड़की, इधर आओ! अपने को दिखाओ तो सही। अच्छा तो तुम हैलेना हो? *(उसके बालों को सँवारते हुए)* डरो नहीं, काँपो नहीं। तुम्हें मिसेज़ दोमेन की याद है? ओह, हैलेना, कैसे उनके बाल थे! तुम मेरी मदद करोगी? मैं प्राइमस की चीर-फाड़ करूँगा।

हैलेना : *(चीख़ते हुए)* प्राइमस की?

अलकुइस्ट : हाँ, हाँ, ऐसा करना ही होगा। दरअसल...दरअसल, मैं तुम्हारी चीर-फाड़ करना चाहता था, लेकिन तुम्हारी जगह प्राइमस ने अपने को प्रस्तुत कर दिया।

हैलेना : *(अपना चेहरा ढकते हुए)* प्राइमस!

अलकुइस्ट : अवश्य। आख़िर हुआ क्या? ओ बच्ची, तुम रो रही हो, बताओ, आख़िर प्राइमस तुम्हारा लगता क्या है?

प्राइमस : जनाब, उसे इस तरह मत सताइए।

अलकुइस्ट : ख़ामोश प्राइमस, ख़ामोश, तुम रो क्यों रहे हो? ईश्वर भला करे, अगर प्राइमस नहीं रहता तो तुम उसे एक हफ़्ते में भूल जाओगी। जाओ, अपने भाग्य को सराहो कि तुम ज़िन्दा रहोगी।

हैलेना : *(धीमे स्वर में)* मैं तैयार हूँ।

अलकुइस्ट : तैयार?

हैलेना : आप मुझे चीर-फाड़ डालिए।

अलकुइस्ट : तुम्हें? हैलेना, तुम ख़ूबसूरत हो। मुझे अफ़सोस होगा।

हैलेना : मैं तैयार हूँ।

[प्राइमस उसे बचाने जाता है]

प्राइमस, मुझे छोड़ दो!

प्राइमस : हैलेना, वह तुम्हें छू नहीं सकता। *(उसे पकड़ते हुए। अलकुइस्ट की ओर उन्मुख होकर)* ओ बूढ़े, तुम हममें से किसी की भी जान नहीं लोगे।

अलकुइस्ट : क्यों?

प्राइमस : हम...हम...एक दूसरे के हो चुके हैं।

अलकुइस्ट : अब तुमने सही बात कही। *(दरवाज़ा खोलता है)* जाओ!

प्राइमस : कहाँ?

अलकुइस्ट : जहाँ चाहो। हैलेना, इसे ले जाओ। जाओ आदम! जाओ ईव! तुम उसकी पत्नी बनोगी। प्राइमस, तुम उसके पति बनो।

[प्राइमस और हैलेना का प्रस्थान]

[वह अपने पीछे दरवाज़ा बन्द कर देता है। अकेला।]

: ओह, यह पुनीत दिवस! छठे दिन का यह उत्सव! *(डेस्क के सामने बैठ जाता है और किताबें फ़र्श पर फेंक देता है। फिर बाइबिल खोलता है और पन्ने उलटकर पलटने लगता है)* 'और ईश्वर ने अपने रूप में मनुष्य की रचना की। उसने उन्हें नर और नारी को, अपने रूप में बनाया। और ईश्वर ने उन्हें आशीर्वाद दिया—फलो-फूलो। धरती को समृद्ध करो और अधीन करो। समुद्र की मछलियो, आकाश के पक्षियो, धरती पर रहने वाले समस्त प्राणियों पर तुम्हारा प्रभुत्व हो।' *(खड़े होकर)* 'और ईश्वर ने अपनी रचना पर दृष्टि डाली और वह अच्छी थी। और वह छठे दिन की शाम और सुबह थी।'

[हैलेना और प्राइमस हार पहने हुए निकलते हैं]

'हे प्रभो, अब अपने सेवक को अपनी इच्छानुसार शान्ति से जाने दो, क्योंकि मेरी आँखों ने तेरी मुक्ति देखी है।'

[खड़े होकर, अपने हाथ फैलाते हुए]

[पर्दा]